매일 행복할 일만
가득할
당신에게

김태환(장문) 에세이

KB193234

작가 고유의 글맛을 살리기 위해

한글 맞춤법에 맞지 않는 일부 표현은 수정하지 않았습니다.

매일 행복할 일만 가득할 당신에게

김태환(장문) 에세이

새벽녘

프롤로그

인생은 예상대로 흘러가지 않는다. 아무리 철저히 계획하고 확신을 가져도, 막상 부딪혀 보면 예상치 못한 변수 앞에서 흔들릴 때가 많다. 반대로 걱정과 불안을 안고 시작했지만, 뜻밖의 방향으로 흘러가며 기쁨을 안겨줄 때도 있다.

어디 인생뿐일까. 관계도, 사랑도 마찬가지다. 평생 함께할 거라 믿었던 사람이 허무하게 멀어지고, 스쳐 지나갈 인연이라 여겼던 사람이 어느새 마음 깊숙이 자리 잡기도 한다. 영원을 약속했던 사랑이 하루아침에 끝나기도 하고, 별 의미 없이 시작된 인연이 생각보다 더 소중한 사람이 되기도 한다.

이처럼 인생은 정말 어떻게 될지 아무도 모른다. 그래서 필요한 건 유연한 마음이다. 삶도, 사람도, 사랑도 뜻대로 되지 않는다고 조급해하거나 불안해할 필요 없다. 생각이 한쪽으로 치우치면, 우리가 만들어 놓은 틀에서 벗어나는 모든 일들이 불행처럼 느껴지지만, 조금만 다르게 바라보면 예상치 못한 순간 속에서 새로운 길을 발견하기도 하고, 좋은 사람과의 인연이 시작되기도 한다.

그러니 망설이다가 소중한 순간과 좋은 인연을 놓치지 않았으면 한다. 걱정과 불안 때문에 하고 싶은 일을 미루거나, 다가오는 행복을 외면하지도 말자. 원하는 일이 있다면 용기를 내어 도전하고, 만나고 싶은 사람이 있다면 진심을 다해 사랑하면서 후회 없이 살아가길 바란다.

뜻대로 되지 않는 순간까지도 삶의 일부로 받아들이면서, 어떤 날은 기쁨으로, 또 어떤 날은 배움으로 채워가면서 살아가자. 그렇게 자신만의 속도로, 자신만의 길을 걸어가길. 그리고 그 길 위에서 더 많이 웃고, 더 깊이 사랑하길.

진심으로, 응원한다.

Contents

2장   좋은 사람 곁에는 늘 좋은 사람이

3장 사랑은 그렇더라

4장 당연한 것들은 전부 소중한 것

1장

그럼에도 불구하고

모든 사람에게 잘 보일 필요 없다

종종 성격 좋고 착하다는 말을 듣는다. 물론 나는 그렇게 생각하지 않지만 그래도 좋게 봐주시니 감사할 따름이다. 그러다 하루는 '내가 착하다는 소리를 듣는 이유가 무엇일까.'에 대해 생각해 봤는데, 아마 나를 스쳐 가는 모든 이를 전부 우연이 아닌 인연이라 느끼는 '진정성 있는 태도' 때문이지 않을까 싶었다.

살면서 이런 태도는 매우 큰 장점이 되었고 그로 인해 과분한 관심과 사랑도 받았다. 하지만 가끔은 내 태도를 바꿔야 할지 심각하게 고민하는 순간도 찾아온다. 왜냐하면 나의 태도를 만만하게 생각하고 이용하려는 사람을 만나거나, 나의 친절함을 호의가 아닌 권리라 생각하고 당연하게 여기는 무례한 사람을 만날 때가 있기 때문이다. 그런 사람을 마주할 때면 내 태도에 문제가 있어 그런 건 아닐까 싶은 마음이 든다.

대부분의 사람은 상대가 자신에게 친절을 베풀 거나 배려를 해 주면 그 마음을 감사해하며 자신도 똑같이 베풀고 잘해주려고 한다. 하지만 세상엔 너무나 다양한 사람들이 존재한 탓일까. 안타깝게도 그렇지 않은 몇몇 사람들을 볼 때면 저절로 눈살이 찌푸려지고 마음이 불편해진다.

예전에 같이 일했던 사람 중 한 명이 그랬다. 우리는 서로 만난 지 얼마 되지 않았고, 그래서 별로 친하다고 느끼지도 않았는데 시간이 지날수록 점점 태도가 달라지면서 내게 불쾌감을 주었다.

금세 가까워지고 친해졌다고 생각한 건지 처음 만나 존댓말을 하며 예의를 갖췄을 때와는 다르게 자연스러운 반말과 누가 들 어도 얼굴 찌푸려지는 장난을 치기 시작했다. 그러면 나는 멋쩍 은 웃음을 띠며 조금은 불편한 기색을 보였고, 그런 나를 보며 농담이라는 말과 함께 뭘 그리 진지하게 받아들이냐고 도리어 나를 이상하고 예민한 사람으로 만들었다.

점점 시간이 지날수록 그가 말하는 농담과 장난은 수위가 심해졌고 나는 도저히 참다가 건디기 힘들어 조심스레 눈치를 주며 불편한 기색을 드러냈다. 그러나 애초부터 눈치가 없는 사람인지 배려심 없는 말투로 본인이 싫어하는 사람들을 향해 핀잔을 주며 깎아내렸고, 나마저 본인 편을 들어주지 않자 나의 자존심을 끌어내리고 폄하했다.

처음엔 굉장히 어이가 없었고, 일이 끝나고 집으로 돌아와도 스트레스가 머리끝까지 치밀어 올라 도저히 감정을 주체할 수 없었다. '나에 대해 알면 뭘 안다고. 설령 안다고 해도 얼마나 안다고. 누가 들어도 무례한 말을 스스럼없이 하고 내게 함부로 대할까'라는 생각에 도저히 잠이 오지 않았다. 어쩌면 이 결과의 원인에는 내가 있을 거라는 생각도 들어 마음이 힘들고 괴로웠다. 늘 바보같이 웃으며 다 받아 주니까 나를 만만하게 본 거라는 생각이 나의 마음을 더욱 아프게 했다.

그래서 마음을 다잡고 무시당하지 않으려면 정신 똑바로 차리고 처신해야겠다고 다짐했다. 그런데 곰곰이 생각하다 문득 한 가지 의문이 들었다.

'내가 왜 태도를 바꿔야 하지? 태도를 바꿔야 하는 건 내가 아니라 나를 무시하며 무례하게 행동하는 상대방인데, 왜 내가 그 사람 때문에 내 성격에 대해서 고민해야 하는 거지?'

다시 생각해도 그랬다. 지금 문제가 되는 사람은 상대방의 모진 말에도 참아가며 웃는 내가 아니라, 그런 나의 태도를 만만하게 보면서 자신의 입맛대로 나를 이용하려는 상대방이었다. 그렇게, 곰곰이 생각한 끝에 내가 아니라 상대방이 태도를 바꿔야 한다는 결론을 내렸다.

하지만 이번을 계기로 나도 태도를 고치기로 했다. 예전에는 모든 사람에게 잘하려고 노력했다면, 이제는 모든 사람에게 잘 보일 수 없음을 인정하고 나를 무시하거나 이용하려는 사람들에게는 지나치게 애쓰지 않기로 했다.

친절과 배려를 알아주는 고마운 사람들에겐 지금처럼 노력할 것이고, 이용하거나 무시하는 사람에게는 더 이상 애쓰지 않을 것이다. 굳이 노력하면서 잘해준다고 한들 고마운 줄도 모를뿐

더러, 상처를 감당해야 하는 건 결국 나 자신이기 때문이다. 오히려 이렇게 구분 짓고 살아가는 삶이 조금 더 안정적이고 편하지 않을까 싶다.

내 마음을 알아주는 사람에겐 그저 지금처럼 따뜻하게, 그렇지 않은 사람에겐 굳이 더는 좋은 사람이 되지 않기로 했다.

누군가가 지나가는 말로 툭 내뱉은 말에 기분 나빠하지 말 것. 그들은 당신이 민감하게 반응하거나 아파하길 바라서 일부러 그러는 것이니. 그들은 그 말을 듣고 당신이 상처받는 걸 즐기고 좋아하는 사람들일 테니. 절대 그들이 원하는 대로 끌려가지 말 것. 차갑고 따가운 가시 돋친 말에 찔려 아파하지 말고 보란 듯이 그 줄기를 꺾어 버릴 것. 그렇게 더 당당하게 잘 살아갈 것. 그게 그들에게 할 수 있는 최고의 복수이니.

〈가시 돋친 말에 아파하지 말 것〉

단순하게 생각할 것

복잡한 일들로 생각이 많아 잠 못 이루는 밤이라면 그냥 단순하게 생각할 것. 얽히고설킨 문제를 하나하나 다 풀려고 애쓸 필요도, 너무 심각하게 받아들일 필요도 없다. 어차피 풀릴 일이라면 알아서 술술 잘 풀리기 때문이다.

간혹 별생각 없이 실행했던 일이 며칠을 주저하며 고민했던 것보다 더 잘될 때가 있고, 오랜 시간 고민하며 심사숙고했지만 원하는 결과를 얻지 못하거나 일을 그르칠 때도 있다. 이처럼 삶은 뜻대로 되지 않을뿐더러 쉽게 예측할 수도 없다.

그래서 오히려 정답은 쉽고, 간단하고, 단순한 것들에 있지 않을까 싶다. 풀리지 않는 문제를 붙들고 고민하면 할수록 오히려 몸과 마음은 점점 위축되고 고립되기 마련이다.

깊이 생각해 보면 지금껏 잘 살아왔다. 살면서 굴곡이 많았지만, 그럼에도 무너지지 않고 이렇게 살아 있는 걸 보면 결국엔 잘해왔기 때문이지 않을까 싶다. 지금껏 그래왔던 것처럼 앞으로도 잘할 거고 잘 해낼 테니까 너무 복잡하게 생각하며 힘들어하지 않았으면 한다.

가슴이 너무 답답하다면 나가서 바람이라도 쐬는 건 어떨까. 신선한 공기를 맞으며 자신을 옭아매고 있던 생각들을 흘러가는 바람에 전부 내어 주면서 기분 전환을 하면 좋겠다. 그래도 진정이 되질 않는다면 따뜻한 물 한 잔 마시며 마음을 좀 다스려 보자.

너무 걱정하지 말자. 지금 걱정하고 있는 것 중 대부분은 일어나지 않을 것들이니. 잠깐 쏟아져 내렸다가 그치는 소나기처럼 머릿속에 머물다 금세 사라질 것들이니. 너무 지나치게 신경 쓰거나 고민하지 않았으면 한다.

깨어 있어 힘들다면 잠깐 눈 좀 붙이면 좋겠다. 충분한 수면은

몸에 기운을 불어넣어 줄 테니. 푹 자고 좋은 기운과 에너지로
다시 또 살아가자.

　　나를 너무 희생하면서까지 타인에게 친절하지 말 것. 나의 자
존감을 깎아내리면서 상대방을 치켜세우지 말 것. 잘못된 일의
원인이 자신 때문이라며 자책하지 말 것. 부정적이지 말 것. 스스
로를 아프게 하거나 탓하지 말 것. 살다 보면 잘못될 수도 있고,
실패할 수도 있고, 인생이 꼬이거나 틀어질 때도 있다. 그러니 그
모든 것이 나 때문이라며 스스로를 상처 주지 말 것.

〈스스로를 상처 주지 말 것〉

그럼에도 불구하고

사람은 종종 실수하고 넘어지기를 반복합니다. 처음부터 완벽하지 않은 존재이기에 당연한 이치겠지요. 그러나 완벽하게 해내는 것보다 더 중요한 건 자신을 괴롭히지 않는 것입니다. 나를 지나치게 미워하면 삶의 균형이 무너지고 망가지기 때문입니다.

예전의 삶이 그랬습니다. 계획하고 노력했던 일을 그르치거나 해내지 못했을 때 '내가 못나고 부족한 탓'이라며 자신을 비난하고 미워했습니다. 아무렇지 않은 척 다시 일어나고 싶었고 무너지지 않기 위해 안간힘도 써봤지만 그러기엔 자신이 턱없이 못나고 부족해 보여 겁을 내고 포기했습니다. 용맹한 맹수처럼 두려움 앞에 당당히 맞서고 싶었고, 성공한 사람들처럼 어떤 일이든지 잘 해내고 싶었지만 끝내 그러지 못했습니다.

사랑도 마찬가지였습니다. 너무 좋아하면 그만큼 많이 아프다고 했나요. 어렸을 때부터 무엇 하나 꾸준히 하지 못했던 제가 4년을 만난 걸 보면 아마도 많이 좋아했던 것 같습니다. 그래서 이별이 참 슬프고 아팠습니다.

그 후 좋은 인연을 만나 잘 되나 싶다가도, 달리던 차가 급브레이크 걸려 멈추듯 관계를 이어 가지 못했습니다. 둘이었다가 혼자가 된 기분이 너무 외롭고 쓸쓸해서, 사랑한 만큼 아픔과 시련이 너무나 커서, 그럴 거면 시작조차 하지 않는 게 더 편하다고 생각하고 회피했습니다.

그러나 지금 와서 생각해 보면 굳이 그러지 않아도 됐습니다. 세상은 참 많이 변했고 세월은 빠르게 흘러갔지만, 시간이 지나도 여전히 같은 자리에 멈춰있는 자신을 마주할 때면 한 없이 초라했습니다.

그래서 그만두기로 했습니다. 더 이상 망설이면서 다시 돌아오지 않는 인생을 허비하지 않기로 했습니다. 하고 싶은 게 있다면 혹여나 실패하고 그만두더라도 일단 시도하기로 했고, 만남에 있어 결국 헤어지더라도 억지로 다가오는 인연을 막거나 밀어내지 않기로 했습니다.

그렇게 살다 보니 삶이 참 많이 달라졌습니다. 무기력하고 무미건조했던 삶은 조금씩 알록달록한 색깔들로 칠해져 갔고, 아름답게 변하고 있었습니다. 그리고 그 속에서 많은 보람과 행복을 느낄 수 있었습니다.

인생이란 게 그렇습니다. 모든 게 처음이라 서툴고 어렵습니다. 더군다나 이미 아픔을 겪거나 상처를 받았다면 겁이 나는 게 당연한 걸지도 모릅니다. 그러나 불안, 걱정 때문에 안주하고 머물러 있을 필요는 없습니다. '그럼에도 불구하고' 다시 한번 용기 내어 보는 겁니다.

직접 그 나라에 가보기 전까진 그곳이 좋은지 나쁜지 알 수 없습니다. 처음 보는 음식을 맛보기 전까지는 음식이 맛있는지 없는지 알 수 없습니다. 그래서 일단 시도해 보는 겁니다. 그 경험이 훗날 나에게 새로운 깨달음과 큰 의미가 되어줄 테니까요.

그러니 현재, 삶 또는 관계에서 고민되는 부분이 있다면 신중하되 너무 걱정하지 말고 과감하게 시도해 보시길 바랍니다. 조금 망설여지더라도 하지 않고 후회하는 것보다 경험해 보고 후회하는 편이 더 나을 테니까요. 해보고 후회하는 건 오히려 삶을 앞으로 나아가게 해주는 원동력이 되어 줄 것입니다.

부디, 빠르게 흘러가는 세월 속에 멈춰 있지 않으셨으면 합니다. 우리의 인생은 너무도 소중하니까요. 그 시간과 세월을 당신만의 이야기로 차곡차곡 채우셨으면 좋겠습니다. 저도 당신의 삶을 이 자리에서 진심으로 응원하겠습니다.

나답게 살자

그냥 나답게 살자. 다른 사람에게 잘 보이려고 애쓰지 말고 온전히 나로 살자. 타인에게 잘 보이려고 하는 순간 모든 것이 불편해지니까. 행동, 표정, 말투 등 모든 게 어색해지니까. 그게 오히려 나다움을 잃게 만들고 관계를 더 어긋나게 하니까. 그저 꾸밈없는 나로 살아가자. 그리고 그런 나를 좋아하고 소중하게 생각해 주는 사람들과 오래오래 행복만 하자. 그때 비로소 가장 아름답게 빛날 테니까.

솔직함과 무례함 차이

솔직함과 무례함은 전혀 다르다. 하지만 누군가는 솔직하다는 명분으로 상대를 불편하게 하고, 함부로 말하는 것을 정당화한다. 정말 솔직한 사람이라면, 자신의 말이 상대의 마음에 어떤 영향을 미칠지 헤아릴 줄 안다.

무례한 사람은 자신의 생각을 그대로 내뱉으면서도 그것을 솔직함이라고 착각한다. 자신이 던진 말이 누군가에게 상처가 될 거라는 걸 알면서도 개의치 않는다. 오히려 상대가 서운해하면 예민하다거나, 너무 감정적으로 받아들인다며 책임을 전가한다. 말이 관계를 깎아내리는 도구가 되어서는 안 되는데도, 그들은 솔직함이라는 이름으로 상대를 깎아내리고 불편하게 만든다.

관계에서 이런 일이 반복되면, 결국 한쪽은 지쳐간다. 늘 먼저 배려하고 이해하는 사람이 생기고, 무례한 말들을 참고 넘기는 사람이 생긴다. 하지만 관계는 한쪽만 노력한다고 유지되지 않는다. 감정을 일방적으로 견디는 건 건강한 관계가 아니다.

솔직함이란 상대를 배려하는 마음에서 나와야 한다. 아무리 좋은 말도 상대를 깎아내리고 기분 나쁘게 만든다면, 그건 솔직한 게 아니다. 솔직함을 말하기 전에, 그 말이 진심을 담고 있는지, 상대가 다치지 않을지 한 번쯤 생각해 봐야 한다.

무례한 태도를 솔직함으로 포장하는 사람들에게 휘둘리지 말자. 말이 가시가 되어 누군가를 아프게 하는 사람과 함께할 필요는 없다. 그런 사람 대신 상대의 감정을 존중하고 배려하는 사람과 함께하자.

솔직함이란, 상대를 상처 주지 않으면서도 내 진심을 전하는 것. 그런 솔직함이 오갈 때, 비로소 관계는 더 깊어질 수 있다.

진짜 강한 사람은

보기보다 세상이 거칠고 차갑고 냉정하다는 걸 알면서도, 여전히 타인에게 상냥하고 친절한 사람이 있다. 충분히 자신의 능력과 힘이 강하다는 걸 알고도 그것을 무기로 사용하지 않는 사람. 상대를 짓누르거나 우위를 점하려 하기보다, 오히려 조용히 배려하며 자신만의 중심을 지키는 사람. 그런 사람이야말로 진짜 강한 사람이라고 생각한다.

때때로 세상은 선한 사람을 약하다고 정의한다. 착하면 손해를 보고, 순수하면 이용당한다고 말한다. 그래서 우리는 강한 척, 냉정한 척해야만 살아남을 수 있을 것처럼 느끼기도 한다. 하지만 나는 믿는다. 상처받으면서도 선함을 잃지 않는 사람이 가장 단단한 사람이라는 것을.

진짜 강한 사람은 쉽게 흔들리지 않는다. 누군가의 말 한마디에 휘둘려 자신을 잃지 않고, 타인의 시선에 맞춰 본질을 바꾸지도 않는다. 그렇다고 해서 딱딱하고 날카로운 사람이 되는 것은 아니다. 오히려 그들은 부드러움 속에 강함을 지니고 있다. 말 한마디에도 따뜻함이 스며 있고, 행동 하나에도 진심이 담겨 있다.

우리는 종종 "강해야 한다"라는 말을 듣는다. 하지만 강한 것을 증명하기 위해 남보다 더 높이 올라갈 필요는 없다. 때론 한 걸음 물러서고, 조용히 배려하고, 자신의 내면을 지켜 내는 것. 힘을 과시하지 않고도 충분히 강할 수 있다는 걸 아는 것, 그것이야말로 진짜 강함이 아닐까 싶다.

세상이 아무리 험하고 거칠어도, 끝까지 나 자신을 잃지 않는 사람. 따뜻하고도 단단한 마음을 가진 사람. 그런 사람이야말로 진짜 강한 사람이라고 나는 믿는다.

엄마

대학에 다닐 무렵, 가끔 초등학교 친구를 만나 밥을 먹곤 했다. 그날도 부리토가 먹고 싶다던 친구와 밥을 먹으며 이런저런 이야기를 하고 있었는데 대뜸 사귀던 남자 친구와 결혼을 한다는 친구의 말을 듣고 굉장히 놀랐다. 물론 결혼에 정해진 나이가 있는 건 아니지만, 아직 24살밖에 안 된 젊은 나이에 결혼을 하는 건 너무 빠르다는 생각이 들었기 때문이다.

하지만 그만큼 평생을 함께하고 싶은 사람이 생겼다는 게 내심 부러웠고, 어려운 결정을 한 친구를 진심으로 축하해 주었다. 그런 내게 친구도 고맙다며 웃으면서 화답해 주었다.

그해 친구는 결혼해서 예쁜 가정을 꾸렸고, 이듬해 자신을 쏙 빼닮은 아기 사진 한 장을 보내왔다. 나는 사진 속 아기를 보며 친구와 똑같이 생긴 모습이 너무 신기하고 귀여워서 한참을 웃으며 바라보았다. 그러다 문득 육아가 보통 일이 아니라는 걸 들은 적 있어서 친구에게 힘들진 않냐고 물어보았는데 친구는 이렇게 답했다.

"음, 정말 힘들어. 뭐랄까. 아기를 키운다는 건 마치 하루하루를 힘겹게 버티는 느낌이야. 아침부터 정신없이 육아하다 보면 어느 새 하루가 끝나 있고 다음 날이 되면 어제 했던 일을 다시 반복하고, 그렇게 버티며 살아가는 것 같아. 그리고 밤에 아기가 울면 잠도 제대로 못 자고. 그런데 그건 있다?"

"남편과 둘만 있을 때 느끼지 못했던 행복이 아기로 인해 생겼어. 하루가 너무 지치고 힘들어도 아기가 웃어주면 그 힘든 게 마치 눈 녹듯 다 사라져. 그리고 뒤돌면 다시 현실은 버겁고 힘겨운데 신기하게도 다시 아기를 바라보면 괜찮아져. 그리고 아기가 하루하루 달라지고 커가는 모습을 보면서 막 설레고 심장도 두근두근하고 마음이 간질간질하기도 해. 지금까지 살면서 한 번도 느끼지 못했던 행복을 느끼는 기분이랄까? 왜 사람들이 아기를 낳으면 이전과 전혀 다른 새로운 행복이 시작된다고 했는지 알 것 같아. 그래서 좋아."

친구의 말을 잠잠히 들으니 참 신기하고 마음이 따뜻했다. 내가 봤을 땐 친구는 여전히 어리고 누구를 책임지기에는 버거운 나이인데, 자신에게 탄생한 한 생명을 책임지고 사랑하는 모습을 보면서 문득 한 사람이 떠올랐기 때문이다.

'엄마'

어렸을 적 기억이 전부 다 나는 건 아니지만 엄마도 그랬다. 자신의 끼니는 거르면서도 아들의 아침밥은 꼭 챙겨 주었고, 내가 아프고 열이 나 골골대며 누워있을 때도 엄마는 새벽까지 나의 상태를 체크하며 잠 못 이루고 물수건을 갈아주고 돌보아 주셨다.

엄마도 그 누구보다 가장 예쁘고 아름다운 나이에, 아직은 누구를 책임질 준비가 덜 된 상태로 나를 낳았을 것이고, 하루하루를 힘겹게 버티며 키웠을 것이다. 온전히 자신만의 시간을 살고 싶었겠지만, 그 삶을 내려놓고 나의 삶을 위해 시간과 노력을 들였을 것이고, 현실에 치여 지치고 힘들다가도 내가 웃는 모습을 보면서 다시 또 행복을 느꼈을 것이다.

전에는 엄마로 인해 행복했다면 이제는 나로 인해 행복을 느꼈을 것이고, 그렇게 나를 위해 엄마 인생의 전부를 드렸을 것이다.

엄마를 생각하니 왠지 가슴 한구석이 먹먹해진다. 그리고 현재 내가 누리고 있는 삶 뒤에는 엄마의 사랑으로 포장된 희생이 있다고 생각하니까 죄송하고 감사하다.

여전히 삶은 어렵고 미래는 불투명해도, 그런 내 삶을 아무런 조건 없이 응원해 주고 지지하는 엄마가 있다고 생각하니 다시 한번 용기가 난다.

'엄마' 이 두 글자로 가슴이 뭉클해지는,
'엄마' 평생을 노력해도 진 빚을 다 갚을 수 없는,

엄마.

어른 아이 관계

어른이 된다는 건 어쩌면 더 성숙해지고, 더 조심스러워지고, 더 차분해지는 과정일지도 모른다. 우리는 나이를 먹을수록 감정을 다스릴 줄 알아야 하고, 무게감 있는 말과 행동으로 스스로를 증명해야 한다고 배웠지만, 그런 삶 속에서도 묘하게 나를 가볍게 만드는 사람들이 있다. 만나기만 하면 한없이 유치해지고, 철없이 웃게 되는 사람들.

그들과 함께 있으면 언제 그랬냐는 듯 다시 아이가 된다. 진지한 고민도 장난처럼 흘려보낼 수 있고, 별것 아닌 말장난에도 배를 잡고 웃는다. 서로의 허점까지 거리낌 없이 드러내고, 깐죽거리며 장난을 치면서 웃는다. 분명 몇 년의 시간이 흘렀는데도, 함께 있으면 열다섯 살이 된 것처럼 철없이 굴고 싶어진다.

세상은 우리에게 성숙해지길 요구하지만, 그들과 있을 때만큼은 굳이 어른일 필요가 없다, 품위를 지킬 필요도 없고, 어른스러운 척 고민을 숨길 이유도 없다. 말도 안 되는 유치한 농담을 던지고, 의미 없는 이야기로 몇 시간을 보내도 좋다. 사회에서는 조심스럽게 다듬어진 말과 행동을 해야 하지만, 이들 앞에서는 한없이 무너져도 괜찮다. 오히려 그런 모습마저 반갑고, 그 안에서 편안함을 느낀다.

우리는 모두 어른이 되어야 한다고 배웠지만, 사실 마음속에는 여전히 어린아이가 남아 있다. 때로는 그 아이를 꺼내 놓고, 마음껏 장난치고, 이유 없이 웃고 떠들 수 있는 사람이 있다는 건 참 다행스러운 일이다.

어른이 되어도 유치해질 수 있는 사람. 그런 사람들과 함께 있을 때 가장 나다운 모습이 된다. 그런 사람이 곁에 있다면 꼭 소중히 여기자. 어른이 되어도 유치해질 수 있는 관계야말로 진짜 오래가는 관계니까. 감정을 숨겨야만 하는 관계에서 숨기지 않아도 된다는 것은 참 다행스럽고 큰 축복이다.

무기력과 슬럼프

언젠가 김창옥 강연가가 인생에 대해 이야기하는 영상을 본 적 있다. 인생은 총 3단계로 구성되어 있는데 첫 번째는 열정기, 그리고 열정기가 지나고 오는 두 번째 권태기, 마지막 세 번째 성숙기로 이루어져 있다며, 이때 사람들이 갖는 마음가짐에 대해서 자세히 설명해 주었다.

첫 번째 열정기는 어떤 일을 할 때 열정이 막 끓어올라 마치 무엇이든지 다 해내고 잘할 수 있을 것 같은 느낌이 드는 단계이다. 그래서 뭐든 물불 안 가리고 닥치는 대로 열심히 하는데 여기서 많은 사람들이 지금 느끼는 열정이 식지 않고 평생 갈 거라고 착각하지만, 안타깝게도 그 열정은 지속되지 않는다고 했다.

그렇게 권태기를 맞이하게 된다. 이때는 마음이 뜨겁고 불타올랐던 열정이 식고, 하던 일과 삶이 재미없고 지루해지는 시기라며, 여기서 많은 사람들이 자신이 하던 일에 회의감을 느끼며 삶이 점점 무기력해지고 인생이 재미없어진다고 했다. 그리고 또 한 번의 착각을 하게 되는데, 열정기 때 열정이 영원할 거라고 착각했던 것처럼 두 번째 권태기에서도 현재 느끼는 지루함과 무기력함이 영원할 거라는 착각을 하게 된다고 했다.

그러나 그 권태마저도 영원하지 않다고 하면서 결국 마지막 세 번째 단계인 성숙기에 접어든다고 했다. 마지막 성숙기는 숯불에 비유하며 처음 숯불이 활활 타오르지만 서서히 큰불이 점점 작아지고 결국 작은 불씨만 남아 소고기를 맛있게 구워 먹을 수 있는 알맞은 온도가 된다며 마음도 비슷하다고 했다.

열정이 뜨거운 사람일수록 권태가 자주 오지만, 이 모든 건 영원하지 않기 때문에 크게 걱정하거나 너무 염려할 필요가 없다. 열정도 권태도 결국 다 끝나니까 현재 느끼는 감정에 너무 매몰되지 않았으면 좋겠다고 덧붙였다.

이 영상을 보면서 참 많은 울림을 받았다. 내 인생이 김창옥 강연가가 말한 것처럼 흘러가고 있다는 생각이 들었기 때문이다. 나도 어디 가서 열정이라면 빠지지 않는 성격이라 처음 접하거나 새롭게 시작하는 일에 항상 열정을 가득 품고 살았다. 하지만 열정이 너무 컸던 탓일까. 시간이 지나면 지날수록 열정은 식어갔고 결국 일이 재미없어지고, 삶도 지루하고 무기력해져만 갔다.

그리고 착각했다. 현재 내가 느끼는 이 무기력이 평생 갈 거라고. 무기력은 내 삶을 망가뜨리고 결국 나를 무너지게 만들 거라고. 애써 부정하며 이겨내려고 발버둥도 쳐봤지만, 생각만큼 쉽사리 잘되지 않았고 그렇게 무기력하게 오랜 시간을 방황하며 보냈었다.

그런데 무기력함은 오래가지 않았다. 내가 벗어나려고 발버둥칠 때는 그게 잘 안 됐는데 결국엔 시간이 자연스럽게 해결해 주었다. 그리고 나는 지금 다시 내 삶에 온전히 집중하며 잘 살아가고 있다.

물론 예전처럼 열정이 뜨겁진 않다. 언젠가부터 열정이 크게 중요하지 않다는 걸 깨닫고 열정보다는 꾸준히 하자는 생각으로 일과 삶을 대하고 있다. 그러다 보니 예전만큼 무기력함이나 슬럼프도 자주 오지 않는다.

혹시 당신도 현재 무기력함과 슬럼프에 빠져 있진 않은가. 그렇더라도 괜찮다고 말해주고 싶다. 당신의 열정이 컸기 때문에 잠깐의 슬럼프가 찾아온 걸 테니까. 그리고 그 시간이 생각보다 오래가지는 않을 테니까.

현재 무기력함이 평생 갈 거라고 생각할 수도 있지만 그 시간은 평생 가지 않을 것이다. 그러니 너무 걱정하거나 불안해하지 말고 마음을 편히 가졌으면 좋겠다.

살다 보면 뜨거울 때도 있고 그 열정이 식어서 아무것도 하기 싫을 때도 있다. 어쩌면 그 시간들은 우리가 조금 더 성숙해지는 데 반드시 필요한 시기이지 않을까. 그 시간을 통해 우리가 배우는 것이 있고 깨닫는 것이 있을 테니 말이다. 그렇게 우리는 오늘보다 내일, 내일보다 모레 조금씩 더 성숙해질 것이다.

정말로 괜찮다. 이 시간은 당신이 더 단단한 뿌리를 내리고 험난한 세상 속에서 흔들리지 않게 해 줄 테니. 이 시기를 양분 삼아 당신의 인생이 더 빛날 수 있다면 이것 또한 꼭 필요한 과정이라고 말할 수 있지 않을까 싶다.

나는 믿는다. 어차피 당신은 당신만의 방법으로 잘 극복할 거라는 걸. 그러니 너무 걱정하지 않아도 된다고 말해주고 싶다.

일상에 스며드는 사람

예쁘고 화려한 곳을 놀러 가거나, 비싼 옷과 고급 차를 타며 멋지게 사는 사람을 만나는 것도 좋겠지만, 평범하더라도 사소한 일상을 함께 나눌 수 있는 사람이 더욱 좋다. 퇴근하고 근처에서 간단히 밥을 먹고 공원을 산책하거나, 쉬는 날 서로 가벼운 옷차림으로 만나 맛있는 걸 먹고 편하게 대화할 수 있는 사람. 다른 사람에게 보여 주는 삶이 아닌 평범함을 함께 나누고 공유할 수 있는 사람. 소소한 일상을 함께 누리며 웃고 떠들 수 있는 사람. 둘만의 특별한 시간을 함께 즐기는 사람. 또 서로의 치부마저 자랑스럽게 이야기할 수 있는 사람. 억지로 꾸미거나 노력하지 않아도 편안한 사람. 지극히 평범하지만 아름다운 그런 관계가 좋다.

위로

나는 한 번도 당신을 만난 적도, 당신이 어디에 살고 어떻게 생겼는지조차 알 수 없지만, 그럼에도 당신을 위로하고 싶다. 당신이 살아가는데 조금이나마 위로가 될 수 있다면 그런 당신에게 힘내라고 말해 주고 싶다.

힘내라는 말이 어쩔 땐 힘을 내고 싶지만 너무 힘들고 아픈 나머지 힘낼 수조차 없는 당신에겐 무책임한 말로 들릴 수 있다는 것도 잘 안다. 하지만 아무도 당신을 응원해 주지 않는 것보다는 단 한 명이라도 응원해 주고 지지해 주는 사람이 있다면 당신도 조금은 용기 내 볼 수 있지 않을까.

나는 당신에게 그런 사람이 되고 싶다. 나의 이 한마디가 당신에게 작게나마 위로와 용기가 될 수 있다면 그걸로 충분하다.

당신, 살다 보면 세상이 뜻대로 되지 않아 너무 힘들고 지칠 때도 있을 것이다. 그러면 가끔 마음이 무너져 내리고 눈물이 왈칵 쏟아져 내리기도 할 것이다.

다 내려놓고 포기하고 싶은 순간도 있을 것이고, 다시 힘을 내보려고 해도 도저히 힘이 나질 않아 그대로 주저앉은 채 목 놓아 울 때도 있을 것이다.

그래도 괜찮다고 말해 주고 싶다. 그렇게 삶이 너무 버겁고 힘들면 가끔은 지쳐서 목 놓아 울어도 된다고 말해 주고 싶다. 차라리 그렇게 감정을 쏟아 내라고 하고 싶다. 오히려 아픈 마음을 그대로 참고 억누르며 있는 것보단 감정을 토해내는 게 더 나을 테니까.

그렇게 아프고 쓰린 감정을 비워 내면 기분이 한결 나아질 것이다. 그러면 그때 다시 살아가면 된다. 꼭 잘 살 필요도 없다. 잘 살려고 애쓰면 오히려 너무 힘만 들어가게 되니까. 나는 당신이 잘 사는 것도 좋지만, 그저 평범한 하루라도 작게나마 행복을 느끼며 살았으면 좋겠다.

물론 말하지 않아도 반드시 잘 해낼 거라는 걸 안다. 당신은 생각보다 단단하고 용기 있는 사람이니까. 생각해 보면 여태 잘 살아왔다. 살면서 크고 작은 어려움이 많았지만, 그럼에도 오늘 하루도 무던히 마친 걸 보면 당신 참 잘했다.

그러니 너무 걱정하지 말자. 현재 당신이 어떠한 상황에 처했고 어떠한 감정을 느끼며 살고 있을지는 모르겠지만, 그저 다 걱정 말라고 이야기해 주고 싶다. 결국 이 모든 걱정들 또한 당신의 삶을 집어삼키지 못할 테니. 설령 이 걱정들이 당신을 집어삼킬지라도 당신은 그걸 다 이겨내고 꿋꿋이 살아낼 테니.

참 많이 힘들었을 것이다. 혼자 감당하느라 너무 아팠을 것이다. 그런 당신을 생각하면 마음이 너무 아프다. 그럼에도 잘 견뎌 줘서 고맙다. 그럼에도 희망을 잃지 않아 줘서 고맙다.

그런 당신에게 분명 좋은 날이 올 것이다. 당신이 너무 행복해서 마치 꿈을 꾸는 것 같은, 황홀이라는 단어가 아깝지 않을 정도로 행복에 겨운 날이. 나도 그런 날이 어서 당신을 찾아오길 간

절히 바라본다. 그때 나에게도 꼭 알려 줬으면 한다. 너무 기쁘
고 행복하다고.

그날을 기약하며 다시 또 살아가자.

한 번 사는 인생

정확히 언제부터인지는 모르겠지만 자주 이런 생각을 했었다. '한 번 사는 인생 어떻게 살아야 할까.' 만약 인생에 여러 번의 기회가 있다면 그저 마음이 가는 대로 살아 보면서 이 길이 아니다 싶으면 다시 돌아와 다른 방법으로 살아 볼 텐데, 삶은 단 한 번뿐이기에 어떻게 살고 어떻게 살아야 잘 살까를 자주 고민했었다.

그렇게 여러 날을 고민하고 고민한 끝에 좋은 길일 거라며 결정을 내리고 가 보았지만, 막상 가 보니 마치 사막에 신기루처럼 내가 원했던 삶과 많이 달랐던 적도 많았다. 그러면 너무 아쉽고, 속상하고, 허탈했지만, 그 감정에만 매몰될 수 없었기에 정신을 차리고 다시 또 스스로에게 되물었다.

'한 번 사는 인생 어떻게 살아야 할까?'

내가 던진 질문과 그에 맞는 행동에 올바른 정답이 있을 거라 생각하고 살아왔는데 안타깝게도 여전히 그 해답을 얻지 못했다. 정말 잘 살고 싶고 잘 해내고 싶은데 그게 마음처럼 쉽지 않다. 그래서 요즘 드는 생각은 어쩌면 처음부터 이 질문에 대한 정답은 없을지도 모른다는 것이다.

모순적이지만, 그럼에도 한 가지 간절히 바라는 게 있다. 그저 아무 걱정 없이 행복하고 싶다. 이래저래 스트레스를 받으며 얼굴 찌푸리는 일이 없었으면 좋겠고, 가족, 친구, 지인 모두가 아프지 않고 오래오래 건강하고 행복했으면 좋겠다.

여전히 삶은 불투명하면서 어렵고 힘들뿐더러, 곰곰이 생각해 봐도 도무지 어떻게 살아야 할지 모르겠지만, 그럼에도 우리 모두가 행복했으면 좋겠다.

누군가는 비현실적인 꿈이라 생각할지도 모른다. 하지만 나의 간절한 소망과 염원이 모여 언젠가는 그런 날이 올 수도 있지 않을까.

그래서 나는 오늘도 두 손 모아 빈다.

그저 우리 모두 행복하게 해달라고.

시선

여기 작은 정원 하나가 눈앞에 있습니다. 가까운 곳엔 사람들이 모여 이야기할 수 있는 테이블과 의자들이 놓여 있고 그 뒤로는 푸른 잎이 무성하게 자란 울창한 나무 하나가 있습니다. 나무 주위를 둘러보니 이제 막 피어나기 시작한 알록달록한 예쁜 꽃들도 보입니다.

조금 더 시선을 뒤쪽으로 옮겨 보니 울타리를 사이에 두고 조금 오래됐지만 나름 예쁘게 꾸며 놓은 집 하나가 보입니다. 그 집 창문 사이로는 뭐가 그리 바쁜지 분주하게 움직이는 할아버지의 모습도 보이네요.

어디선가 '따르릉' 소리가 들립니다. 그 소리에 시선을 따라가 보니 정원 밖 울타리 사이로 자전거를 탄 한 남자가 지나가고 있습니다. 이제 고개를 들고 하늘을 한번 쳐다볼까요. 오늘의 하늘은 참 맑고 파랗네요. 구름은 마치 솜사탕처럼 뭉게뭉게 피어나 있어 모습이 정말 아름답습니다. 고작 시선 하나만 옮겼을 뿐인데 참 많은 것들이 눈에 들어오고 여러 가지 감정들이 느껴집니다.

이처럼 살아가며 자주 시선을 옮겨 주어야 한다고 생각합니다. 현재 바로 앞에 보이는 것에만 시선을 둔다면, 그것이 전부라 착각하고 그걸로 인해 많은 것을 놓치게 되기 때문입니다.

그러나 조금만 시선을 옮겨 보면 주위에 참 많은 것들이 있습니다. 전에는 미처 몰랐던 것들이 눈에 들어오고 새로운 생각과 감정들이 떠오르게 됩니다. 아마도 여행을 자주 가라는 말이 이 '시선'과 연관된 게 아닐까 싶습니다. 여행을 가면 태어나 한 번도 가보지 못했던 나라에서 새로운 것들을 보고 느끼며 그 경험들이 삶에 많은 영향을 줄 테니까요.

그러니 자주 시선을 옮겨 보세요. 특히 마음이 복잡하고 답답하다면, 현재 놓인 상황에만 집중하지 말고 시선을 조금 더 멀리 두고 바라보기를 바랍니다. 그러면 전에는 보이지 않는 것들이 아마도 당신을 기다리고 있을 겁니다. 그리고 그것이 당신의 삶에 큰 도움을 줄 것입니다.

잊지 마세요. 한곳에만 너무 집중하고 매몰되면 많은 것을 놓치게 된다는 사실을.

자신감은 좋지만 남들을 무시하면서까지 자만하지 않기

다른 사람과 비교하면서 스스로 불행해지지 말기

타인을 너무 지나치게 의지하거나 믿어서 상처받지 않기

부정적이고 불평불만 하지 말기

밝고 긍정적으로 살아가기

고민하며 시간을 허비하기보단 자신감을 갖고 행동으로 옮기기

고정관념과 편견을 갖고 사람을 대하지 않기

타인을 속이거나 거짓말하지 말고 정직하고 투명하게 살아가기

자신을 믿고 의심하지 않기

일상의 소소한 행복을 자주 발견하고 나누며 살아가기

〈두고두고 보면 좋은 글〉

스스로의 가능성을 제한하지 마세요

"시간이 없어서 안 돼."
"나이를 먹어서 안 돼."
"재능이 없어서 안 돼."

우리는 종종 스스로에게 한계를 두는 말을 아무렇지 않게 내뱉는다. 마치 아직 시작도 안 해본 일에 대한 변명처럼, 미리 결론을 내리고 포기해 버린다. 하지만 세상은, 그리고 우리의 삶은 어떻게 될지 모른다. 그러니 할 수 있다고 믿고 나아가야 한다. "안 된다"라고 말하면 될 것도 안 되지만, "될 수 있다"라고 믿으면 생각지도 못한 좋은 기회가 찾아올 수도 있다.

불과 몇백 년 전만 해도 바다를 건너 세상을 탐험하는 것은 무모한 일이라고 여겨졌다. 하지만 신화 속 이야기처럼 들리던 신대륙은 이제 우리가 익숙하게 부르는 지명이 되었다. 비행기가 처음 발명되었을 때도 사람들은 쇳덩이가 어떻게 하늘을 나냐며 의심했다. 그러나 지금은 하루 만에 지구 반대편까지 여행할 수 있게 되었다.

우주 탐사도 그랬고, 자율 주행 자동차도, 로봇 기술도 마찬가지다. 그리고 우리가 보고, 듣고, 먹고, 즐기는 수많은 것들이 처음에는 불가능하다고 여겨졌던 것들이다. 하지만 가능성을 스스로 제한하지 않은 사람들은 결국 해냈고 그들 덕분에 지금 우리가 당연한 듯 누리는 것들이 많아졌다.

그러니 자신의 가능성을 가두지 말자. "나는 재능이 없어서 안 돼."라며 스스로를 제한하지 말자. 성공한 사람들 대부분은 처음부터 특별한 재능을 타고난 것이 아니다. 자신을 믿고, 끊임없이 노력하며 그 재능을 스스로 만들어 간 것이다.

나이가 많다는 것도 핑계일지도 모른다. 정말로 간절하다면, 바쁜 와중에도 원하는 일을 할 수 있다. 나이는 한계가 아니라, 경험이 되어야 한다. 그러니 내가 정말로 간절한 것인지, 아니면 스스로에게 핑계를 대는 것인지 한 번 되돌아보자.

무작정 낙관적이어야 한다는 건 아니다. 하지만 시작조차 하지 않고 "불가능"이라 단정 짓는 것은 너무 이르지 않을까. 될 수 있다고 믿으면, 적어도 그 직전까지는 갈 수 있다고 믿는다. 될지 안 될지는 해본 후에야 알 수 있는 법이니. 그러니 가능성을 스스로 제한하지 말자. 마음속에서 올라오는 불안과 의심을 지우고, 과감하게 도전해 보자.

그러면 분명, 자신도 몰랐던 좋은 일들이 가득 생기고, 지금보다 더 행복한 삶을 살게 될 줄 믿는다.

우아하게 늙어 가고 싶다

아름답게 늙어 갈 수는 없겠지만, 그래도 우아하게 늙어 가고 싶다. 나이를 벼슬이라 생각하지 않고 누구를 만나도 항상 겸손함을 잃지 않은 말과 행동을 하며, 꾸준한 자기 관리와 자기 계발을 통해 성장하고 도태되지 않는 사람이 되고 싶다. 늙어 갈수록 불평불만을 하고 주위에 부정적인 영향을 미치는 사람이 아닌, 어떤 일을 만나도 항상 적극적이고 긍정적인 마음가짐으로 주변 사람들에게 좋은 영향을 미치는 사람이 되고 싶다. 비록, 점점 나이가 들고 주름살도 늘어나며 흰머리는 많아질지라도, 마음 하나만은 여전히 꿈 많고 열정 가득한 어른 아이가 되고 싶다. 그렇게 우아하게 늙어 가고 싶다.

자신의 선택을 믿고 나아가자

누구나 한 번쯤은 중요한 선택의 기로에 놓인 적이 있을 것이다. 나 역시 수많은 선택을 하며 살아왔고, 여전히 선택의 순간들을 마주하고 있다. 하지만 매번 확신을 가지고 내린 결정임에도 불구하고 후회와 아쉬움이 남을 때가 많다.

한번은 좋은 사업 제안을 받고 오랫동안 고민한 적이 있다. 하지만 그 당시 나는 누군가와 함께하기에 몸과 마음이 준비되지 않았다는 생각에 제안을 거절했다. 거절하고 나면 마음이 편할 줄 알았는데, 오히려 좋은 기회를 스스로 날려버린 것 같아 상실감이 크게 밀려왔다.

그때 마침 친구가 좋은 동기 부여 영상을 하나 공유해 줬고, 영상에선 이런 말이 흘러나왔다.

"옳은 결정을 내리려고 하지 말고, 결정 자체를 옳게 만드세요."

그 말을 듣는 순간, 머릿속이 환해지는 기분이 들었다. 나는 지금까지 어떤 선택이 더 나은 길인지 고민하는 데만 온 힘을 쏟아 왔지만, 한층 중요한 것은 선택을 후회하지 않고, 그 선택을 어떻게 만들어 가느냐였다.

생각해 보면, 어떤 결정을 하든 아쉬웠을 것이다. 제안을 받아들였다면, 아직 완전히 회복되지 않은 상태라서 스트레스를 받았을 것이다. 하지만 지금처럼 거절한 채로 남았다면, 좋은 기회를 놓쳤다는 미련이 남았을 것이다. 결국 선택에는 늘 크든 작든 후회가 따르기 마련이다.

그렇게 생각하니 복잡했던 마음이 한결 가벼워졌다. 전에는 내선택이 틀린 건 아닐지 의심하며 시간을 허비했었지만, 이후에는 옳다고 믿고 나아가다 보면 더 좋은 길이 열릴 거라는 새로운 기대감이 올라왔다.

인생이 그렇다. 인생은 선택의 연속이고, 우리는 매 순간 크고 작은 갈림길 앞에 선다. 어떤 것이 더 나은 길인지 확신할 수 없기에 망설이고 고민한다. 하지만 결국 중요한 것은 후회 없는 선택을 하는 것이 아니라, 그 선택을 어떻게 만들어 가느냐이다.

어떤 길을 가든 우리는 그 선택을 옳게 만들 능력이 있다. 그리고 충분히 잘 해낼 수 있다. 그러니 이미 마음을 정하고 결정했다면, 흔들리지 말자. 자신의 선택을 믿고 나아가다 보면, 결국 더 좋은 일들이 펼쳐질 것이고, 더 좋은 날들이 우리를 기다리고 있을 것이다.

부정적인 생각이 들 때
필요한 마음가짐 3가지

오히려 좋아

어려움이 찾아오면 대부분 이 어려움을 부정적으로 받아들일 때가 많습니다. 하지만 그건 부정적인 생각에 자신을 내어 주어 더 큰 어려움에 빠지게 만드는 지름길입니다. 그래서 역설적으로 '오히려 좋다'라며 긍정적으로 받아치는 자세가 필요합니다. 이 간단한 문장 하나가 판을 뒤엎을 만큼 굉장히 큰 역할을 합니다. 이런 일이 일어난 게 내 삶에 오히려 좋은 거라고 믿는 순간, 무엇이든 해낼 수 있을 것 같은 자신감이 듭니다. 이렇게 생각의 변화를 주면서 어려움에 매몰되지 않게 만드는 자세가 필요합니다.

결국 잘될 거야

위기는 누구에게나 찾아옵니다. 하지만 그 위기를 극복하는 건

전적으로 자신에게 달려 있죠. 그래서 가져야 할 마음은 어떤 상황에서도 희망을 놓지 않는 것입니다. 도전하다 보면 실패할 수도 있고 처음 하는 것이라면 서툴고 부족하여 실수와 넘어짐을 반복할 수도 있습니다. 그래서 필요한 건, '희망'입니다. 저는 이 희망을 믿습니다. 설령 현재 삶은 그렇지 않더라도 결국엔 잘될 거라는 희망이, 언젠가는 진정으로 삶을 그렇게 변화시켜 줄 것이라고 믿습니다. 그러니 어떠한 상황에서도 우리 희망을 잃지 말기로 해요. 결국엔 잘될 거니까, 반드시 잘될 거니까요.

그럴 수도 있지

사람은 조급함을 느낄 때보다 여유로움을 느낄 때 긍정적인 에너지가 더욱 솟는다고 합니다. 그래서 어려움을 겪고 있더라도 너무 조급해하기보단 '그럴 수도 있지.'라며 차분하게 생각할 수 있는 여유를 만들어 주어야 합니다. 그 여유가 보다 더 나은 나를 만들고 부정적인 생각에서 벗어날 수 있게 하죠. 이 마음가짐은 살아가는 데 반드시 필요하니 꼭 기억해 주시기를 바랍니다.

살면서 여러 일로 부정적인 생각이 드는 이유는 그만큼 삶에 대한 애정이 크기 때문이라고 생각합니다. 내가 내 삶에 대한 애정이 없다면 내 삶이 무너지거나 망가지더라도 아무런 감정이 들지 않을 텐데, 삶에 대한 애정이 크기 때문에 삶이 뜻대로 되지 않으면 그만큼 아프고 쓰라림도 깊은 것이겠지요.

그러니 현재 부정적인 생각이 들거나 자신이 부족하고 초라해 보일지라도 잘하고 있다고 말해주세요. 누구는 애정 없이 그저 흘러가는 대로 하루를 사는 사람도 있는데, 자신의 삶을 사랑하고 소중하게 생각하며 애정을 갖고 사는 당신, 참으로 멋지다고 말해주고 싶습니다. 지금은 조금 힘들고 어려워도 당신이 가지고 있는 그 애정은 결국 당신의 삶을 아름답게 만들어 갈 테니까요. 그러니 너무 힘들어하거나 아파하지 않았으면 합니다.

애정이 깃든 모든 것은 참 아름답고 소중합니다. 그게 바로 당신과 당신의 삶이지 않을까 싶습니다.

결국 삶은 믿는 대로 된다

몇 년 전 장교 후보생으로 훈련을 받고 있는데 갑자기 양쪽 손가락에 신경 마비가 찾아왔다. 거수경례도 제대로 할 수 없었고 심지어 군복의 지퍼도 잠그지 못해 옆에 동료가 잠가 주었을 만큼 마비의 정도는 꽤 심각했다.

훈련을 마치고 곧바로 집 근처 병원에서 검사를 했지만 원인을 알 수 없어 서울에 있는 큰 병원에서 검사를 하였고 검사 결과 '팔꿈치 터널 증후군' 판정을 받고 수술하게 되었다. 우여곡절 끝에 수술을 마치고 병원에 누워 있는데 의사가 다가와 조심스럽게 이야기하였다.

"수술은 잘 끝났고 경과를 지켜봐야겠지만, 신경과 근육이 퇴화한 지 오래라 아마도 회복은 어려울 것 같습니다." 그 말을 듣는데 순간 가슴이 덜컥 내려앉는 기분이 들었다. 왜냐하면 불현듯 찾아온 양쪽 손가락 신경 마비로 인해 내가 원했던 장교라는 꿈과 목표도 한순간에 물거품처럼 사라져 버렸기 때문이다.

퇴원하고 집으로 돌아와 퍼지지 않는 손가락을 보면서 손을 원망하고, 나를 원망하고, 이렇게 만든 세상을 원망했다. 이 병든 손으로는 더 이상 아무것도 할 수 없을 것만 같았고, 깊은 절망과 상실감은 나의 마음을 더욱더 캄캄한 어둠 속으로 몰아넣었다.

그렇게 하루하루 우울한 날을 보내고 있는데 어느 날 어려울 때마다 내게 도움을 주셨던 은사님께 연락이 왔고 은사님은 나를 만나 이런 이야기를 해주셨다.

"태환아, 너는 지금 몸에 문제가 생겨 수술을 했지만 낫지 않아 무척 낙담하고 마음이 심란할 거라 생각해. 시간이 지나면 나을 줄 기대했지만 전혀 차도가 없어 무척 힘들지? 하지만 네가 낫는 방법이 있어. 그건 바로 병이 낫기 전에 먼저 마음에서 나을 수 있다고 믿는 거야. 몸의 병은 마음을 어떻게 먹냐에 따라서 크게 달라지기도 해. 그래서 나을 수 있다고 믿으면 분명히 나을 수 있어. 결국 삶은 내가 어떤 마음을 품고 사느냐에 따라 달라지는 거니까 희망을 잃지 말고 우리 같이 소망을 갖자. 내가 널 위해 기도해 줄게."

처음에는 손가락이 마비된 걸 보셨음에도 그렇게 말씀하시는 은사님을 보면서 도무지 이해할 수 없었다. 그래서 은사님께 짜증 섞인 말투로 말했다. "의사도 나을 수 없다고 했는데 어떻게 낫는다는 거죠? 그건 말도 안 되는 말씀인 것 같아요." 하지만 은사님은 계속해서 내게 긍정적인 이야기를 하셨고, 반드시 나을 수 있다고 마음에 희망을 불어넣어 주셨다. "아니야, 분명히 나을 수 있어. 삶은 믿는 대로 되는 거야." 그렇게 한 시간이 넘는 긴 대화 끝에 나는 은사님의 말씀을 받아들이기로 했다.

그런데 정말 신기한 일이 일어났다. 부정적인 생각을 긍정적인 생각으로 바꾸었을 뿐인데 실제로 어느 정도 시간이 흘러 마비로 인해 구부러져 있던 손가락이 펴졌다. 분명히 의사도 안 된다고 했고, 회복이 불가능할 거라고 했지만, 보란 듯이 손가락은 펴졌고 그렇게 남은 훈련도 잘 마치고 장교로 임관했다.

나는 이런 기적이 절대 내게만 일어난다고 생각하지 않는다. 기적은 누구에게나 일어난다. 다만 한 가지, "기적이 일어날 것을 믿어야 한다는 것." 내가 만약 은사님의 말씀을 받아들이지 않고 나을 수 없을 거라고 계속 부정하고 살았다면, 아마 나는 지금도 펴지지 않는 손가락을 보며 신세만 한탄하고 있을지도 모른다. 하지만 은사님께서 내 마음을 부정에서 긍정으로 바꿔 주셨고, 결국 나도 나을 수 있다는 믿음과 함께 의학적으로 설명할 수 없는 기적이 일어났다.

혹시 지금 당신에게 여러 어려움과 불가능한 일이라는 생각이 드는 것들이 있다면, 부디 희망의 끈을 놓지 않았으면 좋겠다. 긍정적인 마음과 할 수 있다는 믿음은 반드시 당신의 삶을 변화시켜 줄 테니까.

꼭 그랬으면 좋겠다. 어느 날 갑자기 당신의 삶에도 기적이 일어났으면 좋겠다. 그래서 당신의 입가에 미소가 번지고, 당신의 눈가엔 촉촉한 기쁨의 눈물이 맺혔으면 좋겠다.

이미 우리는 세상에 태어나는 기적을 한번 맛보았으니 다시 한 번 간절히 바라본다.

또 한 번의 기적이 찾아오기를, 꼭 그러하기를.

영원한 건 없다.

지금 이 시간, 순간, 계절도 전부 사라진다.

모든 건 시간 지나면 다 사라진다.

그러니 그냥 흘러보내지 말자.

그냥 떠나보내지 말자.

〈그냥 흘러보내지 말길〉

준 것으로 기뻐하는 사람

내가 이만큼 해줬으니 나도 그만큼 받을 수 있겠지. 내가 이렇게 잘해줬는데 언젠가 갚아 주겠지. 하나하나 따지며 사는 성격은 아니지만, 한 번씩 이런 생각이 올라올 때가 있다. 일방적으로 받기만 하는 사람을 볼 때면 괜스레 서운해지고, 나도 모르게 보답을 기대하게 된다.

그러다 결국 혼자 상처받는다. 나만 이렇게 잘해준 건가. 나만 진심이었나. 혼자 애쓰고 있었던 건 아닐까 싶어 속상하고 관계에 대한 회의감이 밀려올 때도 있다.
이러면 안 된다는 걸 알면서도, 마음이 쉽게 따라와 주지 않는다. 그래서 스스로를 여전히 배워야 할 것이 많은, 미성숙한 사람이라고 생각한다.

그래서 더 부러운 것 같다. 아무런 조건 없이 잘해주고, 그걸로 충분히 기뻐할 줄 아는 사람들. 보답을 바라지 않고, 선행을 베풀었다는 이유 하나만으로도 마음이 따뜻해지는 사람들.

그런 사람들을 볼 때면, 스스로가 부끄러워지면서도 닮고 싶어진다. 그들의 마음은 어떻게 형성된 걸까, 가진 게 많아서일까, 부족한 게 없어서일까. 이런저런 생각이 든다. 하지만 가진 게 많아질수록 더 욕심을 부리게 되는 게 사람의 본성이라는 걸 잘 알기에, 그들이 가진 건 물질이 아니라 '마음'일 거라는 생각이 든다.

바다처럼 깊고 넓은 마음.
받는 것보다 주는 기쁨을 아는 마음.
누군가가 행복하길 바라는 따뜻한 마음.

나도 그런 사람이 되고 싶다. 받아서 행복한 사람이 아니라, 주면서 행복한 사람. 주고 나서 더 바라지 않고, 그저 상대가 기뻐하는 모습을 보며 함께 미소 짓는 마음 따뜻한 사람.
"주는 것이 받는 것보다 복되다."는 성경의 말처럼, 나도 누군가에게 따뜻한 무언가를 주면서 복되게 살아가고 싶다.

참는다고 다 좋은 게 아닌 이유

"참는 게 이기는 거야."

어릴 때부터 많이 들어온 말이다. 화를 내면 지는 거라고, 착한 사람은 참고 인내할 줄 알아야 한다고 배웠다. 하지만 살다 보니 무작정 참는 게 다 좋은 건 아니란 걸 깨달았다.

참을 때와 참지 말아야 할 때를 구분하지 못하면, 결국 참는 사람만 병이 든다. 어떤 인내는 삶의 균형을 지켜 주지만, 어떤 인내는 나를 갉아먹는다. 참고 또 참다가 결국 감당할 수 없는 순간이 오면, 마음은 상처투성이가 되고 관계는 돌이킬 수 없을 만큼 멀어진다.

예전에 한 번 그런 적이 있었다. 성격이 좋은 편은 아니지만, 싸우거나 분위기를 깨는 걸 싫어하는 타입이라서 친구가 내게 모진 말을 해도 자주 그냥 웃어넘겼다. 보이지 않는 선을 넘나드는 무례한 말들을 던져도 아무렇지 않은 척했다. 그 순간에는 관계를 지키고 분위기를 망치지 않기 위해 그게 맞다고 생각했고 나 하나만 참고 넘어가면 된다고 믿었다.

그런데 시간이 지날수록 내 안의 감정이 이상하게 뒤틀려 갔다. 무례한 말을 들었을 때는 아무렇지 않은 척했지만, 다른 자리에서 사소한 일에도 예민하게 반응했다. 나를 무시하고 깔본다는 생각에 기죽지 않으려고 별거 아닌 일에도 신경질을 내고, 애꿎은 사람들에게 날카로운 말을 내뱉었다.

그렇게 화를 냈더니 당연히 사람들이 내 눈치를 보거나 점점 멀어져 가는 걸 느꼈고, 그제야 참는다고 해결되는 게 아니란 걸 알았다. 화를 낼 수 있는 자리에서 참았더니, 엉뚱한 곳에서 불똥이 튀었고, 우정을 지키려다 나 스스로를 망가뜨렸다.

우리는 종종 착한 사람이 되려고 참는 것이 미덕이라고 생각한다. 하지만 무조건 참는 것이 착한 게 아니다. 참아서 속이 편하다면 다행이지만, 참는 동안 마음이 병들어 간다면, 결국 그 화는 어디

선가 터지기 마련이다. 마치 소화되지 않은 음식을 억지로 삼켰을 때처럼, 속에서 삭이지 못한 감정은 결국 다른 형태로 역류하게 된다. 참아야 할 때와 말해야 할 때를 구분할 줄 아는 것. 그게 오히려 더 건강하고, 어른스러운 태도가 아닐까.

불편하면, 기분 나쁘다면, 차라리 그 자리에서 말하는 게 낫다. 상대가 내 진심을 알게 되면, 다음에는 불필요한 오해가 생기지 않을 수도 있다. 참아서 나만 속상한 것보다는, 솔직하게 표현해서 서로의 마음을 더 잘 이해하는 것이 더 나을 것이다.

인생에 정답이 없는 것처럼 관계에도 정답은 없다. 그때그때 상황과 감정을 살피면서, 참아야 할 것과 참지 말아야 할 것을 스스로 결정해야 한다. 그러다 보면, 어느 순간 자신만의 방식으로 인생을 잘 살아가는 법을 터득하게 되지 않을까. 그것이 결국 나를 지키면서 살아가는 가장 현명한 방법일 것이다.

나라는 행운

이걸 몰랐을 땐 하루하루가 고되고 버거웠다. "내 삶에도 기적 같은 일이 찾아올까?"라는 의문을 품으며 늘 무언가를 기다렸다. 남들은 로또에 당첨되기도 하고, 사업이 번창하기도 하고, 원하는 것을 척척 이루는 것 같은데, 나는 왜 그런 행운이 찾아오지 않을까 싶었다.

그래서 그 행운을 잡아 보려 애썼다. 로또를 사 보고, 성공한 사람들의 방식을 따라 하며, 내게도 기적이 오길 바랐다. 하지만 아무리 기다려도, 아무리 애를 써도 '행운'은 오지 않았다. 그럴 때마다 스스로를 탓했다. '내가 간절하지 않아서일까, 내가 노력하지 않아서일까.' 그렇게 조급해하고 실망하며, 스스로를 행운 없는 사람이라고 단정 지어 버렸다.

그런데 살아 보니 그게 아니었다. 내가 살아 있다는 것, 숨 쉬고 있다는 것, 그 자체가 이미 기적이자 행운이었다.

아침에 눈을 뜨면 따스한 햇살을 맞이할 수 있고, 맛있는 음식을 먹을 수 있고, 아프지 않은 몸으로 하루를 살아낼 수 있다는 것. 돈이 많지는 않아도, 등 따습고 배부르게 지낼 수 있다는 것. 원하는 걸 모두 이루지는 못했지만, 아직 도전할 시간이 남아 있다는 것. 이 모든 것이 얼마나 소중한 행운인가.

우리는 늘 거창한 행운을 기다린다. 인생을 송두리째 바꿔줄 커다란 기적이 찾아오길 바라며, 지금의 삶을 하찮게 여기기도 한다. 하지만 사실, 행운은 따로 찾아오는 것이 아니라, 이미 내 안에, 내 삶 속에 존재하고 있다.

내가 살아 숨 쉬는 것 자체가 행운이고, 내 존재 자체가 기적이다.

그러니 더 이상 행운을 기다리지 말자.
내가 이미 행운이고, 내 삶 자체가 기적이니까.

온전히 내 삶에 집중할 것

또래와 비슷한 환경에 살아가고 있다고 해서 모두가 똑같이 살아야 하는 건 아니다. 내 삶은 내 삶이고 타인의 삶은 타인의 삶이다. 애초부터 사람은 전부 다 다르게 태어났고 만나는 사람, 자라온 환경, 생각하는 방식 등 모든 것이 다르기에 다른 누군가와 자신을 비교할 이유가 없다. 비교하면 할수록 나보다 잘난 사람을 보며 자존감은 한없이 낮아지고 마음은 불편해진다. 지금의 삶도 충분히 행복한데 내가 누리지 못한 것들을 보며 행복이 점점 희미해지고 결국 삶을 불행하게 만든다. 그러니 다른 사람과 자신을 비교하지 말고 온전히 내 삶에 집중하자. 그렇게 나의 삶을 살아가자.

2장

좋은 사람 곁에는
늘 좋은 사람이

좋은 사람 곁에는 늘 좋은 사람이

'좋은 사람 곁에는 늘 좋은 사람이 함께한다.' 살면서 좋은 사람들을 만나면 종종 하는 말이고, 주변 사람들로부터 이 말을 들으면 굉장히 기분이 좋아지는 말이다. 사람마다 좋은 사람의 기준은 다르겠지만, 내가 생각하는 좋은 사람은 단순히 친절하고 상냥한 사람만은 아니다. 말과 행동에 배려가 묻어 있고, 상대방의 감정과 시선에서 생각하며, 힘들고 어려운 상황에서도 비관적으로 생각하지 않고 긍정적으로 생각하고 대처하는 사람. 자신의 실수를 인정할 줄 알고 잘못을 했으면 미안해하고 또 고마워할 줄 아는 사람. 다른 사람의 아픔이나 슬픔을 함께 공감해 줄 수 있는 따뜻한 사람. 늘 제자리에 머물러 있지 않고 끊임없이 배우며 성장하는 사람이다. 살면서 이런 부류의 사람들을 자주 만나고 인연을 이어가면 좋겠지만, 그보다 내가 먼저 그런 사람이 되어야겠다고 생각한다. 말 그대로 결국 좋은 사람 곁에는 늘 좋은 사람이 함께할 테니까.

착하지만 똑 부러지는 사람 특징

심성은 착하지만 똑 부러지는 사람이 있다. 그들은 누구보다 따뜻한 마음을 가졌지만, 그렇다고 해서 타인의 요구에 마냥 끌려가거나 쉽게 휘둘리지 않는다. 바다처럼 배려심이 깊고 이해심이 넓지만, 부당한 것에는 단호하게 선을 긋는다.

그들은 착하다는 이유로 이용당하지 않으며, 어떤 부탁을 받았을 때 성심껏 도와주려고 하지만, 그것이 무리하다고 판단이 들면 단호히 거절할 줄 안다. 이유 없는 희생을 미덕으로 여기지 않으며, 상대를 소중히 여기는 만큼 자신의 시간과 감정도 매우 중요하게 생각한다.

그러면서도 늘 타인을 배려하는 마음은 잃지 않는다. 예를 들어, 친구가 급하게 도움을 요청했을 때 도와줄 수 있는 부분이라면 기꺼이 나서지만, 본인의 일정까지 망쳐 가며 무리하게 돕

지는 않는다. 그리고 거절할 때도 단호하면서도 부드럽게 말한다. "미안하지만, 이건 내가 감당하기 힘들 것 같아. 다음에 내가 도울 수 있는 일이 있으면 꼭 이야기해 줘."라는 식으로, 상대방을 배려하면서도 자신의 경계를 지킬 줄 안다.

그들은 누군가의 비위를 맞추느라 자신의 감정을 억누르지 않으며, 불편한 상황에서는 솔직하게 표현할 줄 안다. 오해를 피하려고 무조건 맞춰주기보다는 정확한 의사 표현을 통해 스스로를 지켜 낸다. 예컨대, 누군가가 기분 나쁜 농담을 던졌을 때 억지로 웃으며 넘기지 않는다. "그런 말은 별로 유쾌하지 않네."라고 조용하지만 확실하게 말한다.

그들은 착하지만 어리숙하지 않다. 선한 마음을 가졌지만, 세상을 순진하게만 바라보지도 않는다. 타인의 의도를 간파할 줄 알고, 필요한 순간에는 냉정한 판단을 내릴 줄도 안다. 때로는 자신을 힘들게 하는 관계라면, 아무리 친하더라도 과감하게 끊어낼 용기를 낸다. "이 관계가 나에게 상처만 준다면, 이제는 내려놓는 게 맞겠다."라고 스스로 결론을 내릴 수 있는 사람들이다.

심성은 착하지만 뚝 부러지는 사람. 그들은 결국 자신도 지키고 타인도 배려하는 삶을 살아간다. 그들은 착한 사람이지만, 만만한 사람도 아니다. 선한 영향력을 퍼뜨리면서도 자신의 가치를 잃지 않는 사람들, 그들이야말로 진정으로 강한 사람들이다.

이런 태도는 타고나는 것이 아니라 스스로 만들어 가는 것이다. 단번에 완벽해질 순 없지만, 나만의 기준을 세우고 나아간다면 점점 단단해질 수 있다. "내가 이렇게 하면 다른 사람은 나를 어떻게 생각할까?"라는 고민은 하지 않아도 된다. 세상은 타인이 정해 놓은 규칙 속에서 살아가는 것이 아니라, 스스로 지켜야 할 원칙을 세우고 그 기준에 따라 살아가는 것이다. 타인을 존중하는 것도 중요하지만 내가 불편하면서까지 그럴 필요는 없다. 타인도 존중하고 나도 배려받는 것이 진정한 건강한 관계이다.

마음 좀 챙기면서 살자

누군가를 좋아하고 사랑하게 되는 것도 마음에서 시작하고, 누군가를 미워하고 싫어하는 것도 마음에서 시작한다. 세상을 긍정적으로 바라보고 열심히 살아가려는 것도 제일 먼저 마음이 반응하고 세상이 부정적이고 힘들어지는 순간에도 마음이 제일 먼저 반응한다. 이처럼 모든 것들의 시작은 항상 마음이 첫 번째다. 그래서 중요한 건 무엇보다 그 마음을 자주 관찰하고 들여다봐야 한다. 요즘에 내 마음은 어떤지, 문제는 없는지, 몸에 건강을 챙기듯 마음 건강도 챙기면서 살아야 한다. 그래야 안정적이고 행복한 삶을 살아갈 수 있다. 그러니 마음 좀 챙기면서 살자. 결국 모든 것의 시작은 마음에서 비롯되니까. 마음이 다치거나 아프지 않게 잘 돌보며 살자.

관계의 깊이는 정도가 아닌 밀도

함께했던 시간보다 중요한 건, 서로에 대해 얼마나 잘 알고 깊은 관계를 유지하고 있냐는 것. 10년을 알고 지냈다고 상대방을 잘 아는 건 아니다. 고작 한 달을 알고 지냈어도 상대가 무엇을 좋아하고 싫어하는지, 또 어떤 생각을 하고 지내는지 잘 안다면, 오랜 세월을 알고 지냈지만 여전히 말해 줘야 알아차릴 수 있는 끝이 보이는 관계보다 더 낫다. 관계의 깊이는 시간에 있는 것이 아니며 보기에는 크고 화려해 보이나 애초에 설계가 잘못되어 건들면 툭 쓰러지는 건물이 아닌, 작지만 단단하고 쉽게 무너지지 않는 튼튼한 건물처럼 밀도 있는 관계가 되어야 한다. 그런 의미로 당신의 관계는 어떤 세월이나 시간이라는 정도에 의미를 두기보단 오래 만나진 않았어도, 상대방에 눈빛이나 호흡, 작은 소리에도 귀 기울일 수 있고 상대가 무엇을 원하는지 알아차릴 수 있는 그런 밀도 있는 관계가 되길 바란다. 그렇게 합이 맞는 사람과 오래오래 행복했으면 한다.

나만 놓으면 끝나는 관계

관계에는 여러 가지 형태가 있다. 서로가 애쓰며 함께 유지하는 관계, 한쪽만 노력하는 관계, 함께 사랑하는 관계, 혼자만 사랑하는 관계. 사람과 사람이 만나 이루는 것이 관계라지만, 정작한 사람이 홀로 애쓰고 있다면, 그것을 진정한 관계라고 부를수 있을까. 혼자 아파하고, 혼자 상처받고, 혼자 고민하며 애타는 관계는 결코 건강할 수 없다.

관계란, 서로를 배려하고 이해하며 함께 만들어 가는 것이다. 한쪽이 일방적으로 손을 내밀고, 한쪽이 일방적으로 끌어안고 있는 관계는 결국 틀어지고 만다. 혼자 애쓰는 관계는 오래갈 수 없다. 어쩌면 처음부터 이미 기울어진 관계였을지도 모른다.

어떤 사람은 늘 먼저 연락한다. 바쁘다는 이유로 미뤄지는 약속을 혼자 잡고, 서운함을 느끼면서도 먼저 안부를 묻는다. 누군가는 관계를 유지하기 위해 노력하지만, 상대는 그 노력을 당연하게 여긴다. 그러다 결국 지쳐 버린다. 관계가 지속되는 이유가 서로의 마음이 아니라 한 사람의 일방적인 애씀 때문이라는 걸 깨닫는 순간, 허탈함이 밀려온다.

관계는 대단한 사건이 아니라, 사소한 차이들로 멀어지곤 한다. 연락을 기다리는 쪽과 미뤄두는 쪽, 서운해하는 쪽과 모르고 지나가는 쪽, 붙잡는 쪽과 무관심한 쪽. 결국 한 사람이 지쳐 손을 놓으면, 그제야 관계는 끝이 난다.

정이 많아서, 추억이 많아서, 여전히 좋아하는 마음이 남아서 쉽게 놓지 못한다면 생각해 보자. 내가 힘겹게 붙잡고 있는 이 관계를 상대도 똑같이 지키려 하고 있을까. 내가 애써 쌓아 올린 이 마음을 상대도 소중히 여겨 준다면 함께하지만 그렇지 않다면 진지하게 생각해 볼 필요가 있지 않을까.

사랑은 함께해야 사랑이고, 관계도 함께 노력해야 관계다. 내가 혼자 애써야 유지되는 관계라면, 그것은 언젠가 끝이 날 수밖에 없다. 노력으로 이어지는 관계이기도 하지만, 그보다 서로가 원해야 한다.

그러니 억지로 애쓰지 않아도 자연스럽게 이어지는 사람을 만나자. 나만 놓으면 끝나는 관계가 아니라, 서로가 끝까지 함께하는 사람을 만나자. 나만 좋아하는 사람보다 함께 좋아해 주는 사람을 만나고, 다가가야만 유지되는 관계가 아니라 서로가 자연스럽게 스며드는 관계를 만들자.

소중한 내 마음을, 같은 마음으로 아껴줄 사람과 함께하자. 그게 결국, 행복한 관계다.

곁에 둬야 할 사람과 멀리해야 할 사람

살면서 곁에 둬야 할 사람은 나의 외적인 모습이나 내가 가진 어떤 것을 좋아해 주는 사람이 아닌 아무것도 가진 게 없어도 있는 그대로 나를 소중히 여기는 사람이다. 반대로 멀리해야 할 사람은 나와 함께하면 이득을 얻을 수 있을 거란 기대감으로 나를 이용하려는 사람이다.

살면서 함께해야 하는 사람은 같이 있으면 항상 웃음꽃이 피어나는 긍정적인 기운을 가진 사람, 보고 있으면 우울했던 감정도 금세 사라지는 밝은 성격을 소유한 사람이다. 끊어내야 하는 사람은 함께 있을수록 에너지를 빼앗고 기분과 감정을 망가뜨리는 사람, 잘못한 게 없는데 마치 큰 잘못을 저지른 사람처럼 대하며 내게 미안함을 강요하는 사람이다.

너무나 당연한 얘기지만 나를 불편하게 만드는 사람만 인생에서 멀리해도 삶은 더욱 편해질 수 있다. 발에 맞지 않는 신발을 신으면 뒤꿈치가 까지고 몸에 맞지 않는 음식을 먹으면 탈이 나듯, 나와 맞지 않는 사람과 억지로 관계를 유지했다간 결국 내 마음만 다치게 된다.

그러니 내가 노력하고 최선을 다했음에도 나를 힘들게 만드는 사람은 이제 멀리하자. 그리고 나를 소중하게 생각하는 사람과 오래오래 함께하자. 그래야 내 마음이 편할 수 있고 삶도 행복할 테니.

　　나를 좋아하는 사람이 있는가 하면
　　나를 싫어하는 사람도 있다.

　　모두에게 사랑받을 수 없는 걸 인정하고
　　나를 좋아해 주는 사람들과 오래오래 행복해지자.

　　그거면 충분하다.

<　　　　　　　　　　　　　　　　　　　　　　　〈인정〉

놓치고 싶지 않은 사람

사소한 것을 기억해 주는 사람이 있다. 언젠가 그냥 지나가는 말로 혼자 했던 말을 잊지 않고 기억해 주는 사람, 먹고 싶었고 가고 싶었던 것이, 또 갖고 싶었던 것이 이게 아니냐며 관심을 가져 주는 사람.

내가 밥은 잘 먹고 다니는지, 예전에 운동하다 다쳤던 발목은 좀 괜찮은지, 최근에 하는 일은 잘 되어 가는지, 자기 일이 아님에도 관심을 표해주고 나의 일상을 궁금해하는 사람.

그렇게 관심 가져주고 물어봐 주는 사람이 좋다. 아무것도 아닌 내가 누군가에게 궁금한 사람이 되고 특별한 사람이 될 수 있다는 생각에 괜히 마음이 기쁘고 설렌다.

나 말고 다른 누군가에게 관심을 갖는 건 생각보다 어려운 일인데, 그 어려운 일을 많고 많은 사람 중 내게 시간과 노력을 쏟는다고 느껴질 땐, 그래도 아직 곁에 좋은 사람이 있는 것 같아 굉장히 큰 위로가 된다.

그들을 놓치고 싶지 않다. 그들이 이러한 이유는 단순히 관심을 받기 위한 행동이 아니라 나를 좋아하기 때문일 테니까. 어떠한 대가를 바라지 않고 그저 나를 위한 것일 테니까.

사실 가까운 사이라고 해도 사소한 것까지 기억해 주기 쉽지 않고, 사람과 사람 사이에는 실리적인 것을 토대로 관계가 이루어지기 마련인데, 그러한 것들 없이 관심을 가져 주는 것 자체가 너무나도 감사하고 행복하다.

'비가 억수로 내리던 날, 때마침 네 생각이 났다며 오는 문자.'
'역시 화날 땐 매운 불닭만한 게 없지 않냐고 웃으며 먹으러 가자는 친구.'
'전에 수술한 건 이제 좀 괜찮냐며 아프지 말라고 건네는 안부.'

그들의 일상이 아닌 데도 마치 자신의 일상처럼 생각해 주는 참 고맙고 따뜻한 사람들.

미련을 놓자

꽃에 줄기가 꺾이면 그 줄기는 바로 뽑아 주어야 한다. 이미 꺾여버린 줄기를 뽑지 않고 그 상태 그대로 두면 영양분을 받지 못해 줄기는 서서히 말라비틀어져 결국 시들기 때문이다. 그래서 아쉽지만 어쩔 수 없이 꺾인 줄기는 바로 잘라 내거나 뽑아야지 다시 줄기가 양분을 먹고 자라 봉오리를 맺고 아름다운 꽃이 필 수 있다. 문득 이 꺾인 줄기는 사람 마음의 미련을 대변하고 있는 게 아닐까 싶다. 살면서 여러 일을 겪으며 미련이 생겼을 때 미련을 그대로 둔다면 오히려 마음을 아프고 병들게 만들어 새로운 만남과 시작을 두려워하지 못하게 만들 것이다. 그래서 아쉽더라도 미련은 내려놓아야 한다. 혹시 모르는 기대로 남겨둔다면 그저 발전 없이 제자리만 맴돌 뿐이다. 그러니 당신 마음의 미련도 이젠 그만 놓아주길. 그 미련을 놓기까지 참 많이 애썼고 아팠으면 그걸로 충분하다. 이제 당신을 위해서라도 미련을 그만 내려놓자.

시간을 내어 준다는 진정한 의미

유독 이번 겨울은 유난히 모임이 잦았다. 결혼을 앞둔 친구들의 축하 자리에 가기도 하고, 오랜만에 좋은 사람들을 만나 시간을 보내기도 했다. 그러다 보니 자연스레 자주 듣게 되는 말이 "시간을 내줘서 고마워."라는 말이었다. 처음에는 그냥 인사치레 같은 말이라고 생각했지만, 어느 순간 그 말의 의미를 곱씹게 된 날이 있었다.

예전부터 존경하는 대표님이 있었다. 새로운 일을 준비하면서 꼭 한번 조언을 구하고 싶었지만, 워낙 바쁜 분이라 선뜻 연락을 드리기가 망설여졌다. 그래도 용기를 내어 조심스럽게 시간이 괜찮으실지 물어보았다. 스케줄을 확인해 보고 알려 주신다고 하셔서 바쁘신 걸 알기에 어렵겠지 싶었는데, 얼마 지나지 않아 괜찮다고 하시고는 그날에 뵙자고 하셨다.

그렇게 만남을 가졌고, 그날 큰 도움을 얻을 수 있었다. 자리를 마치고 나오면서 귀한 시간 내주셔서 감사하다고 인사했는데 그분은 한치의 망설임도 없이 이렇게 말했다.

"태환 님이라면 언제든지 괜찮습니다."

그 말을 듣는 순간, 마음이 뭉클했다. 만나자고 한 것도 나였고, 도움을 받은 것도 나였다. 시간을 내주신 것만으로도 감사한데, 그 시간을 '기꺼이' 내주셨다는 마음이 참 따뜻했기 때문이다.

우리는 흔히 "시간은 금이다."라고 말하지만, 어쩌면 시간은 금보다 더 가치 있는 것인지도 모른다. 돈은 다시 벌 수 있지만, 흘러간 시간은 결코 되돌릴 수 없기 때문이다. 그런데도 누군가는 자신의 소중한 일부를 기꺼이 내준다. 단순한 식사 자리도, 의미 없는 대화일지라도 함께 시간을 보낸다는 것 자체가 소중한 것이다. 그 관계가 깊든 얕든, 그 사람이 어떤 위치에 있든 상관없이, 누군가가 나를 위해 시간을 내어 준다는 것 자체가 사랑이고 큰 복이지 않을까.

시간을 내어 준다는 것은 단순한 배려 이상의 의미를 가진다. 그 사람이 바빠도, 피곤해도, 해야 할 일이 많아도 나를 위해 시간을 비운다는 것. 아무 대가 없이, 그저 나라는 이유 하나만으로 마음을 내어 줄 수 있는 것. 그게 진정한 사랑의 관계이자 인연이 아닐까 싶다.

존경하는 분이 나에게 시간을 내어 주셨던 것처럼, 나도 누군가의 부탁을 받았을 때 그들에게도 같은 마음으로 시간을 내어 줄 수 있을까 싶다. 그분이 내게 준 따뜻함을 나도 다른 누군가에게 전할 수 있을까 싶다.

결국 우리가 누군가에게 줄 수 있는 가장 값진 것은 '시간'이지 않을까. 그 시간을 기꺼이 내줄 줄 아는 사람이 되고 싶다. 그 시간을 헛되이 흘려보내지 않도록, 나 또한 좋은 사람이 되고 싶다.

시간을 내어 주는 것. 그것이야말로 우리가 누군가를 위해 할 수 있는 가장 진심 어린 사랑이지 않을까 싶다.

겉모습만 보고 판단하지 말자

우리는 살아가면서 첫인상을 중요하게 여긴다. 처음 마주한 사람의 말투, 표정, 태도만으로 '이 사람은 이럴 것이다.'라고 짐작하고 단정 짓는다. 하지만 겉으로 보이는 것이 전부일까. 짧은 순간의 인상만으로 한 사람의 마음과 본질을 다 알 수 있을까.

첫인상만으로는 다 알 수 없는 게 사람이다. 사람은 생각보다 더 깊고, 복잡하고, 다채로운 면을 가지고 있다. 하지만 종종 너무 쉽게 겉으로 보이는 것만으로 사람을 평가해 버릴 때가 많다.

고등학교 때 한 친구가 있었다. 첫날부터 친구와 다투고 거칠게 말하는 모습을 보고, '성격이 나쁠 것 같다.'고 판단해 마음에서 멀리했다. 하지만 어느 날, 복도를 지나가다 그 친구가 힘들어하는 친구를 조용히 위로하는 모습을 보았고 그 순간, 내가 한쪽 면만 보고 색안경을 낀 채 상대를 판단하고 있었다는 걸 깨달았다.

그 후로 친구에게 마음을 열고 함께 지내 보니, 그 친구는 누구보다 정이 많고 따뜻한 사람이라는 걸 알 수 있었다.

이 경험을 통해 나는 다시금 깨달았다. 사람을 겉모습만으로 판단하면, 그 사람의 진짜 모습을 알아볼 기회를 잃어버린다는 걸. 단편적인 모습만으로 섣불리 단정 지을 때, 정작 소중한 인연을 놓치고 있을 수도 있다는 걸.

살다 보면 종종 오해받기도 하고, 누군가를 오해하기도 한다. 하지만 단순히 겉으로 보이는 것만이 전부가 아니라는 걸 기억한다면, 우리는 더 따뜻한 관계를 맺을 수 있을 것이다.

그러니 너무 성급하게 사람을 판단하지 말자. 한 번 더 관심을 가지고 바라본다면, 예상치 못했던 다정함과 따뜻함을 발견할 수도 있으니까. 세상에는 생각보다 좋은 사람들이 많고, 그 좋은 사람들을 알아볼 수 있는 넓은 시선을 가지는 것도 우리의 몫이니까.

서로가 서로를 있는 그대로 바라볼 때, 비로소 사람과 사람 사이
에 따뜻한 정과 사랑이 오가며, 더 행복한 관계가 만들어질 것이다.

평소에는 친절하지만 화나면 물불 안 가린다

소리 지르지 않고 논리적으로 차분히 말한다

한없이 착하지만 선 넘으면 손절한다

관계에 있어 별로 아쉬움이 없다

떠나간 사람에 대한 미련이 1도 없다

감정 낭비보다 관계를 끊는 게 낫다고 생각한다

〈인간관계 무서운 사람 특징〉

결국 남을 사람은 남고 떠날 사람은 떠난다

뜻하지 않는 일들로 관계가 틀어졌을 때, 잘 풀리지 않는 관계를 억지로 풀려고 하지 말 것. 어차피 나를 좋아하는 사람이라면 오해가 자연스럽게 풀리고 다시 관계를 회복할 것이니. 하지만 애초부터 오래갈 인연이 아니었다면 아무리 오해를 풀려고 해도 결국엔 끊어질 인연이니. 사실 살아온 환경과 듣고 보고 경험한 것들이 전부 다르기에 잘 맞는 사람은 없다. 그저 조금은 맞지 않아도 이해하고 노력하면서 서로 맞추어 나갈 뿐. 그러니 너무 관계에 마음 쓰면서 아파하지 말 것. 어차피 남을 사람은 남고 떠날 사람은 떠나게 되어 있으니.

어느 꽃의 이야기

어디서부터 날아온 것인지 알 수 없지만, 길가에 작은 씨앗 하나가 떨어졌다. 그 씨앗은 아무도 모르는 곳에 홀로 덩그러니 남겨졌고, 낯선 곳이 무섭고 차가워 자신을 지나쳐 가는 사람들에게 도와 달라고 손을 흔들었다.

하지만 너무 작았던 탓에 아무도 씨앗을 보지 못했고, 오히려 돌아오는 건 가래침과 발길질뿐이었다. 그렇게 씨앗은 이리 치이고 저리 치이며 나뒹굴다 움푹 팬 작은 구멍 하나로 그만 떨어지고 말았다.

그 순간 씨앗은 너무 두렵고 무서워 하염없이 울었다. 발로 밟혀 온몸은 상처투성이가 되었고, 아무도 없는 곳에 홀로 남겨진 게 서러워서 울었다. 그런 씨앗의 마음을 하늘도 위로하고 싶었는지 씨앗이 우는 걸 아무도 알아차리지 못하게 촉촉한 비를 내려

주었다.

땅은 점점 갈라져 틈이 생겼고 씨앗은 갈라진 틈 사이로 더 깊이 내려갔다. 씨앗은 그곳에서 편안함을 느꼈다. 조금 어둡긴 해도 더 이상 발로 차이거나 짓밟히지 않아도 된다는 생각에 안도감이 밀려왔고 그 순간 온기 가득한 흙이 씨앗을 따뜻하게 감싸며 끌어안아 주었다.

어느 정도 시간이 지났을까. 씨앗은 서서히 혼자 있는 게 외롭고 싫증이 났다. 그러나 밖으로 나가면 또다시 상처받을까 봐 두려웠다. 그렇게 씨앗은 오랜 시간 생각에 잠겨 고민하다가 다시 용기 내어 밖으로 나가길 결심했다.

그리고 씨앗은 밖으로 나가기 위해 열심히 애를 썼다. 자신을 따뜻하게 감싸고 있던 흙을 밀어내고 조금씩 위로 올라갔다. 그 순간 찬 기운이 올라오면서 혹여나 예전처럼 아프고 상처받지는 않을까 고민도 들었지만, 씨앗은 두려움보다 용기를 마음에 가득 품고 마침내 세상 밖으로 다시 나오게 되었다.

막상 나와보니 예전과 다르게 세상은 많이 달라져 있었다. 사람들이 아는 체하는 건 아니었지만 발길질과 가래침을 뱉지도 않았다. 그래서 씨앗은 깊은 안도감과 자신이 용기를 갖고 세상에 나온 게 대견했다. 어두컴컴한 곳에서 외로운 것보단 차라리 밝은 빛과 맑은 공기를 맞으며 사는 게 더 좋았다. 그렇게 씨앗은 자신을 조금씩 더 예쁘게 가꾸어 나갔다.

어느 날 나른한 주말 아침, 가족들과 소풍을 나와 공원에서 놀던 작은 아이가 씨앗 앞에 멈춰 섰고, 아이는 씨앗을 자세히 들여다보고는 살포시 만지더니 활짝 웃으며 말했다.

"와, 이 꽃 정말 예쁘다."

아이의 말을 듣는 순간 씨앗은 너무 놀랐다.

"내가 꽃이라고…?"

그리고 그제야 앞에 놓인 작은 물웅덩이로 비치는 자신의 모습이 눈에 들어왔다. 예전에 이리저리 치이며 나뒹굴던 씨앗은 더이상 없었다. 작고 볼품없던, 한없이 초라했던 씨앗은 더 이상 그런 존재가 아니었다. 세상에서 그 누구보다 아름답고 예쁜 꽃으로 변해 있었다.

씨앗이 다시 밖으로 나가자고 마음먹었던 그날. 씨앗은 더 이상 작고 볼품없는 존재가 아닌 아름답고 예쁜 꽃으로 변해갔던 것이다.

살다 보면 실연도 겪고 실패도 경험하며 어렵고 힘든 순간들이 종종 찾아온다. 그러면 문득 자신이 한없이 초라하고 부족해 보일 때가 있다. 그러나 그런 생각은 하지 않아도 된다. 자신감과 용기를 잃지 않고 살아가다 보면 그 힘들고 아픈 순간을 다 잊게 할 큰 행복이 찾아올 것이다.

힘들고 어려운 일 앞에서도 자신감을 잃지 않는 사람이 되길. 조금 쓰리고 아프더라도 그 순간을 다 잊게 할 행복이 찾아올 테니 너무 위축되거나 의기소침하지 않길 바란다.

'친구'의 진정한 의미

우리는 살아가면서 수많은 사람을 만나고, 그중 몇몇과 친구가 된다. 한 번이라도 좋은 인연을 맺은 사람들과 오래가면 좋겠지만, 살아 보니 관계란 어쩔 수 없다는 생각이 든다. 누구보다 친했지만 자연스럽게 멀어지는 친구가 있는가 하면 시간이 지나도 변함없이 여전히 내 곁에 남아 있는 소중한 사람도 있기 때문이다.

어릴 적에는 함께 웃고 떠들기만 해도 전부 친구라고 생각했다. 하지만 한 살 두 살 나이를 먹어 가면서 친구 관계에도 깊이와 결이 존재한다는 걸 깨닫게 되었다. 단순히 '친구'라는 이유로 소중하게 생각하고 도움을 주었던 몇십 년을 알고 지낸 친구가, 어느 순간부터 나를 철저히 비즈니스 관계로 대하는 걸 보며 큰 상처를 받고 관계의 본질을 다시금 생각하게 되었다. 결국, 마음을 다해 아꼈던 우정이 어쩌면 일방적이었음을 깨닫고 거리를 두게 되었다.

반대로, 학창 시절에는 결이 다르다고 생각했던 친구와 시간이 지나면서 깊은 우정을 쌓기도 하였다. 고등학교 시절에는 성향이 너무 다르다고 생각했지만, 시간이 지나고 어쩌다 서로가 살아온 이야기를 듣다 보니 생각보다 많은 부분이 닮았음을 느끼게 되었다. 그렇게 서서히 마음을 열었고, 이제는 서로가 가장 기쁘고 힘든 순간에 먼저 연락하는 사이가 되었다. 그리고 또 우정이란 처음부터 강렬해야 하는 것이 아니라, 다 때가 있고 서로를 이해하려는 과정 속에서 만들어진다는 것을 배웠다.

그뿐만 아니라, 우정을 이유로 철저히 나를 이용하려는 사람도 있었고, 정이 많다는 이유로 늘 상대방의 요구를 들어주면서 비위를 맞춘 적도 있었다. 하지만 그 관계는 처음부터 금이 나 있던 관계였기 때문에 오래 지속되지 않았다.

그 후로는 오래된 정을 핑계 삼아 나를 이용하려는 사람들과 거리를 두게 되었다. 우정이란 서로를 지켜 주는 것이지, 한쪽이 일방적으로 희생하는 관계가 아니라는 것을 똑똑히 배웠다. 물론, 어쩌면 나도 그들에겐 똑같은 사람일지도 모른다. 잘잘못을 따지고 싶은 게 아니라 그냥 운명과 결이 달랐을 것이다.

그럼에도 너무나 감사한 건, 내 곁을 남아 준 사람들이다. 힘든 시기를 보낼 때, 혼자 있고 싶다는 이유로 밀어냈던 사람들 중에 멀어진 사람이 있는가 하면, 끝까지 곁에 남아 준 고마운 사람들도 있다. 잘난 것 하나 없고 결점과 실수투성이인 내 곁에 조용히 옆에 있어 주는 그들의 존재가 참 따뜻하고 소중하다. 받기만 하는 게 아닌 나도 그들에게 그런 존재가 되어야겠다고 다시금 생각한다.

살아 보니 친구 관계는 물처럼 흘러간다. 어떤 관계는 예상치 못한 이유로 멀어지고, 어떤 관계는 오랜 시간이 지나면서 더욱 깊어지기도 한다. 중요한 건 친구의 수가 아니라, 얼마나 서로가 진심으로 마음을 나눌 수 있느냐다.

평생을 함께할 친구는 단순히 오래 알고 지낸 사람이 아니라, 서로를 이해하고 아껴 주는 배려 깊은 관계이다. 시간이 지나도 변하지 않고 곁에 있어 주는 존재가 있다면 우리는 충분히 행복한 삶을 살고 있지 않을까 싶다.

불평불만 하는 사람

받기만 하는 사람

말과 행동이 다른 사람

필요할 때만 연락하는 사람

사람을 가려서 대하는 사람

좋아하는 마음을 이용하는 사람

가식이 많고 무례한 사람

입이 가벼운 사람

〈어느 순간부터 거리를 두게 되는 유형〉

배려가 조금 더 필요한 세상이 오길

하루는 지하철을 기다리고 있는데, 옆에서 날카로운 소리가 들려왔다.

"아, 정말 시끄럽네. 귀 아파 죽겠으니까 저쪽으로 가서 통화하세요."

화를 내는 사람은 중년의 아주머니였고, 대상은 뒤에서 통화를 하고 있던 사람이었다. 순간, 주변이 조용해졌고, 통화를 하던 사람은 머쓱한 표정으로 한 발 물러섰다.

그 모습을 보면서 조금 속상했다. 누가 잘했고 잘못했고를 따지고 싶은 게 아니다. 다만, 이 작은 풍경 하나에서 지금의 세상이 조금은 각박해졌다는 게 느껴졌다. 예전이었으면 서로 미안한 기색을 보이며 웃어넘겼을 텐데, 이제는 다들 예민해지고 조금의 불편함도 참지 않으려는 모습을 보면서 안타까웠다.

그도 그럴 것이, 우리는 점점 더 개인의 공간을 중시하며 살아가고 있다. 서로 부딪히지 않으려 애쓰고, 감정을 건드리지 않으려 거리 두기를 한다. 가까운 사이에서도 배려보다는 효율이 중요해졌고 일상 속에서도 내가 손해 보지 않는 게 우선시되었다. 그렇게 세상은 조금씩 차가워졌다.

나 역시 언젠가부터 타인을 향한 따뜻한 시선을 잃어가고 있다. 내 앞을 가로막고 천천히 걷는 사람을 보면 짜증이 나고, 공공장소에서 큰 소리로 떠드는 사람들이 불편하다. 상대를 이해하려 하기보단 불만을 먼저 느끼면서 나도 조금씩, 세상의 차가움을 닮아 가고 있었다.

그래서 더 배려가 필요한 세상이 왔으면 좋겠다. 하지만 단순히 세상이 변해야 한다는 바람보다, 먼저 나부터 따뜻한 사람이 되어야겠다고 생각한다.

누군가 도움이 필요할 때 기꺼이 손을 내밀고, 작은 불편함 정도는 너그럽게 받아들이며, 그렇게 내가 먼저 배려할 줄 아는 사람이 되고 싶다. 때로는 작은 양보 하나가 하루를 따뜻하게 만들고, 사소한 친절이 누군가의 마음을 살게 한다는 걸 잘 알기 때문에.

그렇게 한 사람, 한 사람씩 따뜻해진다면, 세상도 더 따뜻한 곳이 되지 않을까. 글을 쓰면서 또 한 번 다짐한다.

"누군가 바뀌길 바라기 전에, 나부터 배려할 줄 아는 사람이 되어야겠다."
"결국 세상을 바꾸는 것은 작은 배려에서 시작되니까."

3장

사랑은 그렇더라

사랑은 그렇더라

부족한 게 많던 시절, 남들처럼 좋은 것 못 해줘서 미안하다고 할 때면 당신은 항상 그랬죠. 자기는 그런 거 필요 없다고, 나만 있으면 그걸로 충분하다고요.

작은 것 하나라도 더 주고 싶은 마음에 돈을 조금씩 모아 작은 목걸이를 선물했을 때, 당신은 또 그랬죠. 돈이 어디 있어 이런 걸 다 주냐고. 자기는 정말로 필요 없다고. 그런데 말과 다르게 얼굴에 환한 미소를 띠고 있는 당신을 보며 주길 참 잘했다고 생각했습니다.

그렇게 당신과의 만남을 아쉬워하며 집으로 돌아오는 길, 당신의 미소를 떠올리며 진작 더 많이 챙겨 주지 못한 게 많아서 미안하고 아쉬웠습니다.

어느덧 많은 계절이 지났지만, 여전히 환한 미소를 띠며 행복해
하던 당신의 표정은 선명합니다. 그때 당신이 얼마나 예뻤는지
혹시 당신은 알까요.

사랑은 그랬습니다. 있으면 더 주고 싶고, 없어도 어떻게든 주고
싶은, 그런 게 사랑이더군요.

오늘도 그리워하는 걸 보니
많이 사랑하긴 했나 보다.

〈그리움〉

사랑은 지켜 내려는 의지다

누구보다 애틋한 사랑을 꿈꾸면서도 작은 어려움 앞에 쉽게 포기하는 사람이 있는가 하면, 어쩔 수 없는 상황 속에서도 '내가 선택한 사랑'이라며 묵묵히 지켜 내려는 사람이 있다. 사랑한다는 말은 쉽게 하지만, 정작 행동은 친구보다도 못한 사람이 있는가 하면, 굳이 말로 하지 않아도 그 마음을 온전히 행동으로 보여 주는 사람도 있다.

결국 사랑은, 얼마나 깊은 마음으로 지켜 내려 하는가의 의지에서 갈린다. 사랑한다면, 사람과 환경 앞에서 이유가 없어야 한다. 사랑하는 사람을 불안하게 만들지 않아야 하고, 누가 뭐라고 하더라도 그 사랑을 지켜 낼 줄 알아야 한다. 처음부터 사랑이 쉬울 거라고 믿었다면, 오히려 사랑을 가볍게 여긴 자신의 마음을 부끄러워해야 한다.

사랑은 분명 달콤하고 매력적이지만, 동시에 결코 쉽지 않다. 신경

쓰고, 마음 들이고, 헌신해야 한다. 둘 사이를 방해하는 많은 유혹과 어려움 앞에서도 흔들리지 않고 버텨야 한다. 이유나 핑계를 대지 않고, 사랑을 말하는 것만큼 행동으로 보여야 한다. 사랑 앞에서 "어쩔 수 없었다"라는 말은 그저 의미 없는 핑계일 뿐이다.

지금 사랑하고 있다면, 그 사랑을 얼마나 지켜 낼 의지가 있는지 묻고 싶다. 감정이 뜨거울 때만이 아니라, 때때로 흔들리는 순간에도 그 손을 놓지 않을 각오가 되어 있는지, 모든 게 완벽할 때가 아니라, 어렵고 힘든 순간에도 끝까지 함께할 준비가 되어 있는지 묻고 싶다.

상대에게 "사랑한다"라는 말은 쉽게 내뱉을 수 있어도, 정작 사랑을 지켜 내는 사람은 많지 않다. 하지만 진짜 사랑이라면, 확신을 끝까지 가지고 그 확신을 행동으로 보여줄 수 있어야 한다. 그리고 그 진심을 상대방도 느낄 수 있다면, 둘의 사랑은 더 이상 끊어질 수 없는 단단한 끈이 될 것이다.
한 번 더 묻고 싶다.
당신은 그 사랑을 끝까지 지켜 낼 의지가 있는가.

살면서 절대 놓치면 안 되는 사람

살면서 절대 놓치면 안 되는 사람은 함께하면 마음이 편안한 사람이고, 억지로 노력하지 않아도 즐거운 분위기가 유지되는 사람이다. 또 나의 못나고 부족한 모습을 드러내도 아무 부끄럼 없는 사람이고, 힘들고 어려울 때, 기쁘고 행복할 때, 무엇이든 솔직하게 다 터놓고 이야기할 수 있는 사람이다. 그뿐만 아니라, 생각하는 것이 비슷해서 대화가 멈추지 않는 사람, 나를 배려해 주고 나의 배려를 고맙게 여기는 사람, 만나면 항상 긍정적인 기운을 불어넣어 주는 사람이다. 이런 사람이 주위에 있다면 절대 놓치면 안 된다. 그리고 함부로 대해도 안 된다. 소중하면 소중할수록 더욱더 소중하게 대해야 한다. 그럴 때 관계가 더욱더 아름다워질 테니까.

그것으로 충분하다

인생이 너무 힘들고 쓰리다면 그만큼 최선을 다했을 겁니다. 누구보다 간절히 원하는 목표를 이루기 위해 밤잠을 설쳐가며 노력했을 것이고 그만큼 시간과 열정을 쏟아부었겠죠. 지치더라도 꿈이라는 한 글자로 버티고 버텼을 것이고 그래서 원하는 결과를 마주하기가 더 아픈 거겠죠. 어디 인생뿐일까요. 온 마음을 다 주며 사랑했으니까 그만큼 이별이 더 아프게 다가오는 거겠죠. 이처럼 모든 것에는 원인과 결과가 있습니다. 현재 너무 지치고 아프다면 다 이유가 있을 겁니다. 그래도 괜찮다고 말해주고 싶습니다. 정말로 다 괜찮다고 말해주고 싶습니다. 아프고, 쓰리고, 가슴이 미어지더라도 괜찮다고 말해주고 싶습니다. 충분히 노력했고, 충분히 사랑했으니까요. 힘든 만큼 최선을 다했고, 아픈 만큼 노력했을 거니까요. 그것으로 충분하다고 말해주고 싶습니다.

다정한 말 백 마디보다 한 번의 행동이

"내가 더 잘할게."
"다음엔 꼭 신경 쓸게."
"진짜 변할 거야."

이렇게 말로 다짐하는 사람들은 많다. 하지만 말과 행동이 다르면 그 말은 점점 힘을 잃고, 결국 공허한 약속이 되어버린다. 말은 의사소통을 위한 중요한 도구이지만, 동시에 상대를 향한 예의이기도 하다. 그렇기에 말과 행동이 다른 사람은, 결국 상대에 대한 배려가 없는 사람이다.

진짜 잘하는 사람은, 말보다 행동으로 보여 준다. 누구나 실수를 할 수도 있고, 잘못을 인정하며 다음번에는 더 잘하겠다고 다짐할 수도 있다. 하지만 중요한 건, 그 다짐을 실천하는가, 하지 않는가의 차이다. 약속을 지키지 않는 사람이 반복될수록 신뢰는 무너지고, 기대는 실망으로 바뀐다. 그리고 그 실망이 쌓이면 관계는 결국 멀어지게 된다.

그래서 나는 말이 아닌 행동으로 사랑과 우정과 관계를 보여 주는 사람이 좋다. 다정한 말 백 마디보다, 한 번의 실천이 더 깊고 단단한 관계를 만든다는 걸 안다. "잘할게."라는 말보다, 조용하고 묵묵히 더 잘하는 사람이 믿음이 간다. 그리고 그런 모습이 반복될수록 신뢰는 점점 더 쌓여 간다. 말은 누구나 할 수 있고 하기 쉽다. 하지만 그 말을 지켜 내는 건, 오직 행동하는 사람만이 할 수 있는 일이다.

지키지 못할 말이라면, 애초에 하지 않는 편이 낫다. 신뢰는 말이 아니라 행동에서 나오고, 관계는 '할 수 있다'는 다짐이 아니라, '지켜 냈다'는 행동 위에서 유지된다. 그래서 나는 말보다는 행동으로 보여 주는 사람을 좋아한다. 그리고 나 역시, 그런 사람이 되려고 노력하는 중이다.

그러니 말만 하지 말고, 행동으로 보여 주는 사람이 되자. 반대로, 주위에 말뿐인 사람이 있다면, 그 관계를 다시 한번 생각해 보길 바란다. 결국 말만 늘어놓고 실천하지 않는 사람은, 나를 이용하고 떠날 수도 있는 사람이다. 관계에서 상처받지 않는 방법 중 하나는, 말뿐인 사람을 멀리하는 것이다.

우리는 모두 진심이 통하는 관계를 원한다. 그러니 다정한 말보다 한 번의 행동이 더 큰 힘을 가진다는 걸 기억하자. 진짜 관계는, 말이 아니라 행동 위에서 차곡차곡 쌓여서 아름다워지는 거니까.

당신이 최고로 행복했으면 좋겠다

이 세상 사람 모두가 잘 살고 걱정 근심 없었으면 좋겠지만, 나는 그보다 당신이 최고로 행복했으면 좋겠다. 당신은 참 예쁘고 소중한 사람이라서. 당신은 내게 참 특별한 사람이라서. 그 특별하고 소중한 당신이 가장 행복했으면 좋겠다. 아름다운 얼굴에 눈물 맺히는 일 없었으면 좋겠고, 당신의 소중한 삶에 어려운 일 없이 행복만 가득하면 좋겠다. 당신이 바라고 원하는 모든 일이 술술 잘 풀렸으면 좋겠고, 당신의 하루가 매일매일 즐거운 일로 가득했으면 좋겠다. 그렇게 당신이 행복에 젖어 매일이 마치 꿈을 꾸는 듯한 기분이 들었으면 좋겠다. 그만큼 나에게 당신은 참 소중하고 귀하다. 그런 소중한 당신이, 아름답고 예쁜 당신이, 그저 행복했으면 한다. 다시 말하지만 나는 세상 사람 모두가 잘 살고 행복한 것도 좋지만 그보다 당신이 최고로 행복했으면 좋겠다.

당신은 나를 살게 하는 존재다

당신은 내가 살아가는 이유이자 삶의 온기다. 당신이 내 곁에 있다는 사실만으로도 이 세상이 얼마나 아름답고 찬란한지 알게 된다. 아침이 당신의 이름으로 시작되고, 하루의 끝이 당신의 생각으로 물들 수 있어 참으로 행복하다.

이제 당신 없는 세상은 상상조차 할 수 없다. 마치 공기가 없으면 숨을 쉴 수 없듯, 당신 없는 하루는 무의미한 적막일 뿐이다. 당신이 있어 내가 웃고, 당신이 있어 내가 꿈꾸며, 당신이 있어 내가 살아갈 이유를 찾는다. 그런 당신이 내 곁에 머물러 있는 건 우연 이상의 기적이다.

당신은 내 삶에 가장 따뜻한 빛이다. 당신의 존재가 나를 일으키고, 당신의 목소리가 나를 움직이게 한다. 하루의 고단함 속에서도 당신을 떠올리면 모든 것이 다 괜찮아지는 기분이다. 사랑이라는 단어조차 부족해 보이는 이 마음을 무엇으로 표현해야 할까.

내게 당신은 숨결 같은 존재다. 보이지 않아도 느낄 수 있고, 없으면 살 수 없는 것. 내가 살아야 할 이유를 끊임없이 일깨워 주는 당신, 참 고맙다. 당신이 있어 내가 온전히 나로 존재할 수 있다. 오늘도, 그리고 내일도 이 마음 그대로 당신을 사랑하며 살아가고 싶다.

그러니 내 곁에 오래 머물러 주었으면 한다. 당신이 없는 세상은 내가 감당할 수 없을 만큼 공허할 테니까. 당신이 내 삶의 이유이자 끝없는 희망이 되어준다면, 나는 그 어떤 어려움도 웃으며 이겨낼 수 있을 것이다.

그만큼 당신은 내게 가장 소중하고 따뜻한 존재다.

더는 낭비하지 말자

떠나간 인연에 연연하며 마음 낭비하지 말자. 누구보다 많이 좋아하고 사랑했다고 해서 억지로 붙잡고 있을 수 없다. 아프고, 쓰리고, 죽을 것 같이 힘들더라도, 관계가 끝났다면 놓을 줄도 알아야 한다. 붙잡고 있을수록 아프고 아픈 건 자신이다. 그러니 이제 그만 놓아주고 좋았던 추억을 밑거름 삼아 당신의 삶을 살아가자. 그렇게 자신의 삶에 집중하며 살다 보면 분명 다시 또 좋은 인연이 찾아올 테니. 그렇게 믿고 이제 더는 마음 낭비하지 말자. 혹시 사랑했던 사람이 이 세상에 단 한 명이라는 이유로 끝내 놓지 못하고 있다면 기억했으면 한다. 당신도 이 세상에서 단 하나뿐인 존재라는 걸.

우리는 한 팀이야

연인 사이는 누군가 상대를 험담하면 함께 동조하는 것이 아니라, 그 자리를 지켜 주어야 한다. 둘 사이를 흔들려는 어떤 말에도 쉽게 휘둘리지 않고, 사랑하는 사람이 세상에서 가장 편한 마음으로 기댈 수 있는 존재가 되어야 한다.

사랑하다 보면 때로는 상대를 지켜 주지 못할 때가 있다. 감정이 상하거나 실망해서, 크게 다투고 속상할 때면 친구에게 털어놓으며 상대의 단점을 이야기할 때도 있다. 하지만 그 작은 말들이 퍼지고 쌓이면, 결국 둘 사이를 흔드는 바람이 된다.

사랑하는 사이라면 누구보다 서로를 아껴야 한다. 서로를 내 편이라고 생각한다면, 감정에 휩쓸려 함부로 말하지 않아야 한다. 누구보다 상대의 장점을 먼저 떠올리고 힘들 때 가장 먼저 손 내밀어 주어야 한다.

사랑은 혼자가 아니라 함께 만들어가는 것이다. 서운한 날에도, 실망스러운 순간에도, 그 순간의 감정에 지지 않고 서로를 선택하는 것. 나의 연인이 세상 어디에서든지 가장 당당할 수 있도록, 그 사람이 걸어가는 길에 든든한 편이 되어 주어야 한다.

연인은 한 팀이다.
그 누구도 우리를 갈라놓을 수 없도록,
그 누구보다 단단하게 서로를 지켜 주고 의지해야 한다.

그렇게 함께하는 사람이 있다는 것은 힘들어도 세상을 살아갈 큰 힘이 되어준다.

말을 예쁘게 하는 사람

말을 예쁘게 하는 사람이 좋다. 상대방의 작은 호의에도 고맙다며 그냥 지나치지 않고 말해주는 사람. 혹시 자신의 실수로 타인이 상처받을까 봐 괜찮냐고 물어보고 사과할 줄 아는 사람. 똑같이 어려운 상황에도 욕하거나 부정적으로 말하는 게 아니라, 조금은 억지스러워 보이더라도 긍정적인 기운을 불어넣어주는 사람. 차갑고 온기 없는 공간을 말 한마디로 따스하고 은은한 향기로 덮어 주는 사람. 그렇게 예쁘게 말하는 사람이 참 좋다. 함께하면 할수록 부정적인 내가 긍정적으로 변해 가는 것 같아서. 표현이 서툴고 부족한 내가 점점 예쁜 그 사람의 모습을 닮아 가는 것 같아서.

나를 좋아하는 사람과 싫어하는 사람

세상에는 수많은 사람이 존재하고 그중에서 나를 좋아하거나 싫어하는 사람으로 나뉜다. 나를 좋아하는 사람은 내가 하는 말과 행동에 관심을 갖고 긍정적인 표현을 하며 응원을 해준다. 그리고 자존감을 한없이 올려 주며 마음을 따뜻하고 행복하게 만든다. 하지만 나를 싫어하는 사람은 내가 하는 모든 것에 대해 불만을 표하고 부정적인 시선으로 바라본다. 또 자신의 이익을 위해 나를 이용하며 자존감을 바닥 치게 만든다. 그러니 나를 싫어하는 사람에게 에너지를 빼앗기지 말고 깔끔하게 정리하자. 생각해 보면 군이 스트레스를 받아 가면서 그들과 관계를 유지할 이유는 전혀 없다. 그들의 마음을 바꾸려고 애쓸 필요도 없다. 그럴 시간에 나를 좋아해 주고 사랑해 주는 사람들과 더 깊은 관계를 맺고 행복하면 그만이다. 모든 사람에게 사랑받을 필요가 없다는 걸 인정하고 그저 내가 살아 있어 행복하다는 걸 느끼게 해주는 고마운 사람들과 오래오래 행복해지자. 그걸로 충분하다.

힘들다고 이야기했을 땐

힘들다고 이야기했을 땐, 해결책을 바라는 게 아니다. 그저 너무 지치고 버거워서, 혼자 감당하기엔 벅차서, 누군가에게 마음을 털어놓고 싶었을 뿐이다. 그 순간만큼은 해결하려는 노력보다, 그냥 내 감정을 알아주는 사람이 있었으면 하는 마음이다.

때때로 너무 힘들어서 말을 꺼냈다가, 더 큰 허탈감을 느낄 때가 있다. 용기를 내어 힘들다고 말했는데 돌아오는 대답이 "너무 예민한 거 아니야?", "그럴 수도 있지, 다 그렇게 살아." 같은 말이 돌아오면, 오히려 내 감정을 부정당하는 것 같아 더 외로워진다. 차라리 말하지 않고 참을 걸 하면서 후회마저 든다.

정말 힘들다고 말했을 때 필요한 건, 거창한 조언도 해결책도 아니다. 그저 "많이 힘들었겠다." 이 한마디면 충분하다. 그 말 한마디에 마음이 큰 위로가 되고 다시 살아갈 용기를 얻는다.

사실 인생은 어떻게든 살아진다는 걸 모두가 안다. 방법을 몰라서 주저앉는 게 아니라, 그저 버티기 힘들어서 지쳐 있을 뿐이다. 이미 마음속에서는 무엇을 해야 할지 알고 있어도 털어놓는 건, 단지 누군가가 내 마음을 알아주길 바라기 때문이다.

그러니 누군가 힘들다고 이야기하면 조용히 들어주자. 해결해 줄수 없더라도 함께 있는 것만으로도 충분한 위로가 될 테니까. 그리고 그 순간, 당신은 누군가에게 가장 따뜻한 존재가 될 테니까.

실수에 대처하는 바람직한 자세

사람은 누구나 실수를 한다. 하지만 실수보다 더 중요한 건, 그것을 대하는 태도다. 잘못해 놓고도 대수롭지 않게 행동하는 사람이 있고, 친하면 그 정도는 이해해 줄 수 있지 않냐며 핀잔을 주는 사람도 있다. 하지만 그런 관계는 오래갈 수 없다.

가까운 사이일수록 '편안함'과 '배려'의 균형을 이루어야 한다. 친하다는 이유로 모든 걸 용납하고 이해해 주다 보면, 결국 한쪽은 서운함이 쌓여 가고 다른 한쪽은 그걸 모른 채 편안함에 안주하게 된다.

실수는 순간이지만 그로 인해 남은 상처는 오래간다. '그럴 수도 있지'라는 말은 실수를 이해하는 사람이 해야 하는 것이지, 실수를 한 사람이 스스로를 정당화하는 데 쓰어서는 안 된다.

그러니 잘못을 했다면 마음을 다해 사과하는 걸 주저하지 말자. 가령, 작은 약속을 가볍게 여겼더라도 '미안해'라는 말을 아끼지 말자. 그 한마디가 금이 간 관계를 회복하는 힘이 되어 줄 것이다. 진심 어린 사과는 실수를 덮기 위한 것이 아니라, 관계를 더 단단하게 만드는 힘이 된다.

실수보다 중요한 건, 그 실수를 어떻게 마주하느냐다. 관계를 소중히 여긴다면, 자신의 실수 앞에서 머뭇거리지 말고 진심을 전하자. 미안하다는 한마디가 때로는 어떤 말보다 더 깊이 위로가 될 수 있다는 걸 잊지 말자.

오늘도 묵묵히 살아온 당신께

어떤 날은 하루가 참 무겁게 느껴질 때가 있다. 별다른 일을 한 것도 아닌데 어느새 하루가 다 지나가 있고, 그렇게 흘려보낸 시간이 무의미하게 느껴져 부끄러울 때도 있다. 그럼에도 잊지 말아야 할 건, 그저 그런 하루라도 참 소중하다는 것. 주어진 일에 최선을 다해 묵묵히 하루를 살아낸 것만으로도 당신의 하루는 충분히 아름답다는 것. 사람은 저마다의 속도가 있고 각자의 길과 여정은 모두 다르기에 누구와도 비교할 필요는 없다. 그러니 의심하지 말고 지금껏 해왔던 대로 나아가면 된다. 하루를 묵묵히 견디며 살아낸 당신, 앞으로도 충분히 잘 해낼 것이다. 그러니 낙심하거나 상심하지 말고 스스로를 따뜻하게 안아주길 바란다. 당신의 오늘을 칭찬하고 그 노력에 대한 진심을 아껴주길 바란다.

사랑은 '굳이'

사랑은 시간이 남아서 하는 게 아니라, 시간을 내서 하는 거야.

사랑은 여유가 생겨서 하는 게 아니라 바쁘고 피곤하더라도 노력해서 하는 거야.

사랑은 '그냥' 하는 게 아니라, '굳이' 사랑하는 거야.

충분히 혼자 밥을 먹어도 되고, 혼자 영화를 봐도 되고, 혼자 여행을 가도 돼.

그런데도 굳이 네가 좋아하는 메뉴를 먹으러 가고, 굳이 네가 보고 싶어 했던 영화를 함께 보고, 굳이 네가 가고 싶어 했던 여행지를 같이 가는 거야.

이처럼 사랑은 혼자서도 괜찮은 것들을 굳이 함께하는 거야.

바쁜 하루 중에도 굳이 네가 좋아할 만한 노래를 찾아서 보내고,

잠들기 전 굳이 한 번 더 안부를 묻고,
아무리 피곤해도 굳이 네 목소리를 들으려고 연락을 하는 거야.

사랑은 굳이 설명하지 않아도 알게 되는 감정이기도 하지만,
굳이 표현해야지 마음속 깊이 스며드는 감정이기도 해.

사랑은 "필요해서" 하는 게 아니라, "굳이" 하고 싶은 마음인 거야.

그러니 사랑한다면, 굳이 표현하고, 굳이 노력하고, 굳이 함께했으면 해.
말하지 않아도 알 거라고 생각하지 말고, "굳이" 한 번 더 표현하면 좋겠어.

그렇게 작은 '굳이'들이 모여, 더 깊고 따뜻한 사랑을 만들어 갈 테니까.

결국엔 마음이 문제다

지금껏 살아온 환경이 너무나도 달랐는데 어떻게 처음부터 잘 맞을 수 있을까. 어느 정도까지는 맞을지 몰라도 완벽하게 맞아떨어지는 관계는 없다. 그래서 끊임없이 이해하고 맞추어야 한다. 그 과정에서 서로에게 실망하고 때론 상처도 받으면서 더 이상 관계를 지속할 수 없어 정리하는 사람이 있는가 하면, 언젠가 합이 맞는 모습을 상상하며 포기하지 않고 관계를 이어가는 사람도 있다. 결국엔 마음이 문제다. 어렵고 힘들어도 만나는 사람이 어려움을 능가할 만큼 더 좋다면 포기하지 않고 맞추어 나갈 것이고 그럴 마음이 없다면 결국 끝이 난다는 것. 이처럼 모든 원인의 시작과 끝은 마음이다. 그러니 관계에 대한 진지한 고민을 하고 있다면 상황 이전에 현재 당신의 마음은 어디에 머물고 있는지 한번 돌아보길 바란다. 당신이 정말로 좋아하는 사람이라면 결국 이 또한 넘어갈 테니.

나를 불안하게 만드는 사람은

나를 불안하게 만드는 사람은 이제는 놓자. 늘 나보다 다른 것에 관심을 두고, 애매한 태도로 나를 기다리게 만들며, 끊임없이 신경을 쓰이게 하는 사람이라면, 그 관계를 계속 이어갈 이유가 없다. 나는 늘 최선을 다하는데 상대는 늘 무관심하고, 내가 조금 더 잘하면 다시 변할 거라는 기대는 결국 나만 외롭고 지치게 만들 뿐이다.

좋은 관계는 함께할 때 편안해야 한다. 연락을 기다리는 시간이 초조하고, 상대의 행동 하나하나에 의미를 부여하며 불안하다면, 그리고 그걸 사랑이라고 생각한다면 그건 착각이다. 상대의 태도에 따라 기쁘고 속상하며 감정이 달라지는 건 잘못된 관계다. 상대가 내 마음을 당연하게 여기고, 언제든 떠날 수도 있다는 느낌이 드는 관계는 오래가지 못한다.

그러면서도 두려움 때문에 쉽게 놓지 못한다. 이 사람을 잃으면 더 좋은 인연을 만나지 못할까 봐, 지금의 감정을 포기하면 두 번 다시 이런 사랑을 할 수 없을까 봐. 그러나 그런 불안함 자체가 이미 정답을 알려 주고 있다. 그리고 막상 손을 놓고 나면 알게 될 것이다. 내가 그렇게 애타게 바라던 것은 사랑이 아니라, 상대가 주지 않는 확신이었다는 것을.

진짜 좋은 관계는 불안하지 않다. 함께할 때 편안하고, 작은 것 하나에도 믿음이 간다. 서로에게 관심을 기울이고, 애쓰지 않아도 자연스럽게 이어진다. 그런 관계를 찾지 못할 것 같지만, 분명히 있다. 다만 지금 불안에 가려 보이지 않을 뿐이다.

그러니 이제 나를 불안하게 만드는 관계는 놓자. 미련을 사랑이라 착각하지 말고, 더 이상 나를 두렵고 아프게 하는 사람을 붙잡지 말자. 나를 초조하게 만드는 사람 말고 소중히 여겨 주는 사람을 만나자. 그 관계 속에서 따뜻함과 사랑을 느끼며 살자.

달고도 쓰디쓴 사랑

사랑은 어느 날 불현듯 찾아온다. 잔잔한 미동도 없이, 아무런 느낌과 감각도 없이. 마치 바람 한 점 스치듯 스며들어 전에는 느낄 수 없었던 감정이 요동을 치면서 나의 세상을 전부 뒤바꾼다. 그렇게 마음속 깊이 자리 잡은 사랑은 온 마음을 들끓게 하며 활활 타오른다. 좋아한다고, 사랑한다고, 너 없이는 안 된다며 이 사랑이 절대 끝나지 않을 거라고 확신한다.

그러나 사랑이 떠날 때도 마찬가지로 너무 빠르게 지나간다. 눈치채지 못할 정도로 아주 천천히, 그러다 어느 순간 선명해진다. 너무 많이 떠들어 입이 아팠던 대화는 어느새 긴 침묵이 되고 서로를 담지 못해 서러웠던 눈빛은 서로에게 상처를 준다. 헤어질 때까지 놓지 않았던 꼭 잡은 두 손은 불편함이 되고, 다른 것도 복이라며 배려하던 성격은 함께하지 못할 이유가 된다.
그렇게 깊고도 무거운 이별을 마주한다. 이별은 단순히 그 사람과의 관계를 끝내는 것이 아니다. 서로가 함께하며 쌓은 모든 추억과 약속, 그리고 꿈마저 놓아야 한다. 함께 웃고 울었던 모든 시간도 전부 내어 주어야 한다. 참 야속하지만 그 흔적마저도 전부 지워야 한다.

이별은 참 잔인하다. 지워지지 않는 걸 지워야 한다는 건 참으로 아프고 쓰린 것이다. 하지만 이별은 또 다른 시작이기도 하다. 사랑이 떠난 자리엔 빈틈이 생기지만, 그 틈은 언젠가 새로운 빛으로 채워진다. 이별을 통해 비로소 내가 어떤 사람인지, 무엇을 진정으로 원하는지, 또 어떤 사랑을 꿈꾸고 있는지 자신을 마주하고 스스로를 더 깊이 이해하게 된다.

그리고 때가 되면 깨닫게 된다. 사랑이 떠나간 것도, 이별을 마주한 것도 결국 나를 더 강한 사람이 되게 하고 나를 위한 것이었음을. 그토록 아팠고 절절했던 이별은 내 삶에 잊지 못할 소중한 기억의 한 조각이 되어 새로운 사랑을 다시 꿈꾸게 하는 것이었음을.

후회해도 아무 소용없다

지나고 나서야 후회한다고 무슨 소용이 있을까요. 이미 떠나버렸는데. 돌아와 달라고 애원해서 붙잡힐 인연이었으면 애초부터 헤어짐은 없었을 겁니다. 이별을 결심하기까지 얼마나 많은 밤을 뒤척이며 수없이 많은 결정을 내리고 다시 번복하기를 반복했겠죠.

정말로 사랑했던 사람이었기에 소중한 추억을 떠올리며 사랑을 지켜보려 애쓰고 마음을 다시 한번 잡아 보기도 했겠지만, 이미 너무도 변해버린 모습을 보면서 결국 포기했을 겁니다.

이별은 갑자기 하루아침에 찾아오는 것도, 단 한순간의 잘못으로 끝나는 것도 아닙니다. 이별이란 짧은 한마디로 말할 수 없는 그 과정이 고스란히 녹아 있을 것이고, 그 이상 말로 다 표현할 수 없을 만큼 참 길고도 복잡한 이야기들이 담겨 있을 겁니다.

안타까운 건 대부분의 사람이 이별 후에야 깨닫는다는 겁니다. 그 사람만큼 좋은 사람이 없었다는 걸, 그 사람만큼 자신을 사랑해 준 사람이 없었다는 걸, 그 빈자리가 너무나도 커서 정신을 차렸을 때쯤은 이미 너무 늦었습니다. 마음은 돌이킬 수 없을 만큼 멀어져 버렸습니다.

그러니 사랑하는 사람에게 잘해 주시기를 바랍니다. 있을 때 충분히 아끼고 위해 주시길 바랍니다. 익숙함에 속아 소중한 것을 잃고 나서야 비로소 후회하는 일이 없게, 곁에 있을 때 표현하고 사랑해 주시기를 바랍니다.

지나고 나면 돌이킬 수 없습니다. 지금 이 순간 내 곁에 있는 소중한 사람에게 최선을 다하는 것이 후회를 막는 유일한 길입니다.

후회하지 않았으면 좋겠습니다. 소중하면 소중할수록 더 잘해 주고 아껴 주면 좋겠습니다.
"익숙함에 속아 소중한 것을 잃지 말자."

부디, 당신의 사랑이 오래도록 따뜻하고 소중한 추억으로 남길 바랍니다. 이 글이 지나가는 바람처럼 당신의 마음을 울리고, 무엇보다 후회하지 않는 사랑을 만들어 가는 작은 빛이 되길 바랍니다.

가까워질수록 비워야 하는 이유

누군가를 좋아하기 시작하면 그때부터 그 사람의 일상이 궁금해진다. 잠은 잘 잤는지, 밥은 잘 챙겨 먹는지, 오늘 하루 별일은 없는지. 그렇게 서로의 안부를 묻고 일상을 공유하며 점점 가까워진다. 하지만 이때 조심해야 하는 건, 가까워진다고 상대방의 일상을 침범할 수는 없다. 좋아하는 마음이 커서 조금 더 알고 싶은 게 많아질지는 몰라도 그게 상대방에게 부담을 주거나 집착이 되어서는 안 된다는 것. 오히려 가까워졌다고 느낄수록 마음을 비우는 연습이 필요하다. 그래야 과하거나 지나치지 않은 건강한 관계를 이어 나갈 수 있다. 그러니 상대방을 좋아하는 마음이 커질수록 그 마음을 내려놓길 바란다. 상대에게 내 마음을 강요하는 것이 아닌 있는 그대로를 존중하고 받아들이길 바란다.

결국 시간이 약이었다

불과 몇 년 전까지만 해도 시간이 약이라는 말을 믿지 않았다. 아프고 힘든 사람에게 그런 말을 한다는 게 너무 무책임한 말 같았고, 터무니없는 소리같이 들렸다. 이 세상 모든 사람들은 전부 다르고 그들이 느끼는 아픔과 상황마저 전부 제각각인데 단순히 시간이 지나면 괜찮아진다는 말로 모든 것을 정당화하는 게 도무지 말이 되지 않게 느껴졌다.

그래서 사랑했던 사람과 헤어졌을 때도 내게 시간이 지나면 괜찮아질 거라 말하는 친구의 말을 부정했었다. 오래 만났고 많이 사랑했기 때문일까. 이렇게 아픈데, 이 감정이 시간이 지나면 괜찮아진다는 게 믿어지지도, 그러고 싶지도 않았다.

내 생각이 옳다고 말하듯 헤어진 지 꽤 오랜 시간이 지났지만 역시 마음은 나아지질 않았다. 헤어졌으면 끝내야지, 무슨 감정을 오래 남겨 두냐며 스스로에게 핀잔을 주기도 했지만, 처음으로 내게 사랑이라는 걸 알려 주고 그 감정이 이토록 달콤한 것이라는 걸 알려 준 존재였기에, 아프더라도 오래오래 남겨두고 싶었다.

그런데 이제는 부정하지 않는다. 사람들이 말했던 것처럼 결국 시간이 약이었다. 처음 이별하던 날 세상이 무너지는 것처럼 아팠고, 함께했던 시간을 생각해서라도 다시 한번 잘해 보자며 지푸라기라도 붙잡고 싶은 심정이었는데, 그토록 아팠던 시간마저 담담하게 떠올릴 수 있을 정도로 괜찮아진 걸 보면 정말 시간이 해결해 주고 있었다.

다른 사람이 생긴 것도, 상황이 크게 달라진 것도 아니었지만, 시간이 지날수록 선명했던 상처는 서서히 옅어지고 기억마저 흐려져 갔다. 그때 비로소 '이래서 다들 시간이 지나면 괜찮아질 거라고 했구나.'라며 그 말의 의미를 깨닫게 되었다.

이제는 괜찮다. 그토록 아팠고, 그토록 쓰리었던 마음은 이제 정말로 괜찮다. 너무 아픈 나머지 평생 이 아픔을 가지고 살아가겠다고 다짐했는데 요즘은 그 감정마저 잘 기억나질 않는 걸 보면 시간이 약이라는 말이 어느 정도 틀린 말은 아닌 것 같다.

그래서 또 다른 아픔이 찾아올 때면 문득 이런 생각이 든다. 아마 지금의 아픔도 언젠가는 옅어질 거라고. 이 아픔이 평생 가진 않을 거라고. 결국 지금 이 순간도 흘러가는 시간과 함께 서서히 흐려질 거라고. 처음 연기가 피어날 때는 마치 그 연기가 온 세상을 집어삼킬 것 같지만 시간 따라 멀리 퍼질수록 서서히 옅어지고 사라지듯, 지금의 아픔도 서서히 아물고 결국 괜찮아질 거라고.

프루스트 현상

어떤 향기를 맡는 순간, 머릿속이 환하게 열리며 오래전의 기억이 선명하게 떠오른 적이 있다. 그때의 공기, 온기, 습도 그리고 그 순간을 함께했던 사람까지. 마치 시간 여행을 하듯, 단숨에 과거의 한 장면 속으로 빨려 들어가는 기분이었다.

처음엔 나만 그런 줄 알았다. 그런데 어느 날, 이것이 '프루스트 현상'이라는 이름이 있다는 걸 알게 되었을 때, 조금 놀랐다. 특정한 향기가 뇌를 자극해 과거의 기억을 되살린다는 이 신비한 현상. 어쩌면 우리 모두는 알게 모르게 향기 속에 기억을 담아 두고 사는 걸지도 모르겠다.

어떤 사람은 빗물에 섞인 흙냄새를 맡고 어린 시절 비 오는 날을 떠올릴 것이고, 어떤 사람은 첫사랑과 함께 먹었던 커피의 향을 떠올릴 것이다. 또 어떤 사람은 스치는 향수 냄새에 오래

전 사랑했던 사람을 떠올리며 가슴이 먹먹해질지도 모른다. 그렇게 우리는 향기를 통해 추억을 만나고, 과거의 감정을 다시 떠올린다.

시간이 흐르면 많은 것이 변하지만, 여전히 향기는 기억을 선명하게 붙잡아 둔다. 잊었다고 생각했던 순간도, 지나간 시간 속에 묻어두었던 감정도 향기로 인해 다시 선명해진다. 그 향이 가져오는 기억이 따뜻한 것이든, 아련한 것이든, 혹은 가슴 시린 것이든 상관없다. 그 순간만큼은 분명 마음속에 가장 진실한 감정을 마주하는 시간일 것이다.

향기는 거짓말하지 않는다. 시간이 흘러도 변하지 않는 기억의 조각들은 우리에게 선물처럼 건네준다. 그리고 그 기억을 마주하는 순간, 우리는 잠시나마 현재를 잊고 애틋한 과거와 마주한다.

우리는 지금 이 순간에도 각자만의 향기를 간직한 채 살아가고 있다. 언젠가 누군가의 기억 속에서, 따뜻한 순간으로 떠오를 수 있다면, 그것만으로도 충분히 아름다운 일이 아닐까 싶다.

알아 두면 좋은 인생 법칙

영원한 관계는 없으니 항상 나를 최우선으로 둬라.

나이 들면 다른 것보다 체력이 문제니 지금부터 운동은 필수다.

모든 사람에게 잘 보일 필요 없다는 진리를 기억해라.

남을 헐뜯고 뒷말하면 결국 나에게 돌아온다.

영원한 비밀은 없으니 진짜 비밀이라면 아예 꺼내지 말자.

고민할 시간에 행동을 해라.

어떤 선택을 하든지 책임지면 그만이다.

결국 꾸준함이 큰 변화를 가져온다.

관계는 너무 차갑지도 뜨겁지도 않은 적당한 온도가 좋다.

사소한 약속을 어기는 순간 관계가 깨진다는 걸 기억해라.

실천 없는 말은 죽은 거나 다름없다. 백 마디 말보다 한 번의
행동이 맞다.

사랑은 습관이다

어떤 습관이 몸에 배기까지는 많은 시간이 걸린다. 하지만 한 번 익숙해지면, 그 습관은 삶을 안정적이고 편안하게 만들어 준다. 사랑도 그렇다. 처음에는 서툴고 어색할 수 있지만, 사랑을 지켜 내기 위해 노력하는 과정 속에서 점점 익숙해지고 자연스러워진다. 그리고 어느 순간, 사랑은 습관이 된다.

그러나 사랑이 습관이 되는 과정은 단순히 시간이 흘렀다는 의미가 아니다. 나를 사랑하는 만큼 상대를 아껴주는 마음도 진심이 되어야 하고 자연스러워져야 한다. 내 감정을 돌보듯이 상대의 감정을 보듬고, 나를 존중하는 만큼 상대를 존중해야 한다. 또 자신의 시간이 소중한 만큼 상대의 시간도 소중히 여기며, 내가 상처받기 두렵다면 상대도 그렇다는 걸 이해하고 그렇게 서로가 서로를 아껴주는 마음이 습관처럼 스며들어야 한다.

그만큼 사랑이 익숙해지는 건 쉽지 않다. 익숙해지는 과정에서 많은 연인이 서로를 맞춰가다 지치기도 하고, 마음이 닿지 않아 이별을 맞이하기도 한다. 때로는 상처받고 마음의 문을 굳게 닫아버리기도 한다. 하지만 그 모든 과정을 지나서 사랑이 습관처럼 자리 잡게 된다면, 더 깊은 관계가 찾아온다.

그렇게 어느 순간, 사랑은 자연스러워진다. 상대가 좋아하는 음식을 먼저 떠올리고, 힘들어 보이면 묻지 않아도 손을 내밀며, 하루를 마무리할 때면 오늘도 고생했다며 다정하게 인사를 하게 된다. 사소하지만 특별한 순간이 쌓이고, 그 순간들이 모여 사랑을 더 깊고 단단하게 만든다.

좋은 습관은 삶을 편안하게 만들어 주듯, 사랑도 건강한 습관으로 자리 잡아야 한다. 내가 나를 사랑하는 만큼 상대도 아껴주어야 한다. 그게 진짜 오래가는 사랑이다.

잘 산다는 것에 대하여

세상을 살아가는 방식은 저마다 다르지만, 잘 사는 사람들에게는 공통적인 특징이 있다. 그들은 단순히 돈이 많거나 남들이 부러워하는 직업을 가지거나 높은 자리에서 인정받는 성공한 사람이 아니라, 삶을 온전히 누리고, 순간을 충만하게 만족하며, 균형 잡힌 삶을 살아가는 사람들이다.

잘 사는 사람들은 자신을 함부로 대하지 않는다. 남에게는 한없이 다정하면서도 정작 자신에게는 엄격하고 차갑게 대하는 사람이 있다. 하지만 그런 삶은 오래 지속되지 않는다. 자신을 소중히 여기는 사람이 결국 타인도 제대로 사랑할 수 있다.

자신의 감정을 존중하고, 필요할 때는 충분히 쉬어주고 인정하는 사람. 그렇게 스스로를 아껴줄 줄 아는 사람이 진짜로 삶을 건강하고 바람직하게 살아가는 사람이다.

또 세상은 끊임없이 남들과 자신을 비교하게 만들지만, 잘 사는 사람은 타인과 자신을 비교하지 않고 온전히 자신만의 삶을 살아간다. 누구는 결혼을 했고, 누구는 승진을 했고, 누구는 멋진 집을 샀다고 자랑하는 '남'에게 초점을 두는 게 아니라 '내가' 어떻게 살고 있는가에 대해서 먼저 고민한다.

남들이 부러워할 만한 삶을 사는 게 아니라 내가 행복한 삶을 선택하고, 남에게 인정받는 게 아니라 내가 만족한 삶을 살아간다. 결국 잘 사는 사람은 타인의 기준이 아니라, 자신의 기준대로 살아가는 사람이다.

또 잘 사는 사람은 감정을 잘 다스릴 줄 안다. 살다 보면 수없이 감정이 요동치는데 그들은 크게 동요되거나 흔들리지 않은 삶을 산다. 화를 내야 할 때와 참아야 할 때를 알고, 지치고 힘들어도 스스로를 다독이며 감정에 지배당하지 않는다. 그런 단단함이 결국 삶도 지탱하고 굳건하게 만든다.

이 밖에 늘 배우고 새로운 경험을 통해 끊임없이 배우고 성장하는 사람, 누구보다 관계를 소중히 여기지만 챙겨야 할 사람과 끊어내야 할 사람을 분명히 알고 불필요한 관계에 얽매이지 않는 사람, 지나간 과거에 집착하지 않고, 미래를 불안해하지 않는 사람, 사소한 일상에서 기쁨을 찾고 작은 것에도 감사할 줄 아는 사람이 진짜 잘 사는 사람이다.

잘 산다는 건, 세상이 정해 놓은 기준대로 사는 것이 아니다. 내가 원하는 방식대로 살아가는 것. 자주 웃고, 마음껏 사랑하며, 때로는 가볍게 내려놓을 줄 아는 것. 결국 삶을 어떻게 살아가야 할지 고민하는 사람들보다, 지금 이 순간을 온전히 살아내는 사람들이 더 행복한 법이다. 그것이 그들이 세상을 대하는 방식이고, 행복의 척도다.

변하지 않는 사랑

사람을 믿지 않는다. 평생을 사랑할 거라고, 너만 바라볼 거라고, 참 멋지고 로맨틱한 말이지만, 결국 시간이 지나면 사람은 변한다. 감정은 흐르고, 관계는 달라지고, 서서히 조금씩 변해간다. 변하지 않는다는 건 어쩌면 사랑을 너무 쉽게 말하는 것일지도 모른다.

그런데도 오래가는 사랑이 있다. 시간이 흘러도 멀어지지 않고 더 애틋해지는 관계가 있다. 그것은 '변하지 않음'이 아니라, '변해도 다시 맞춰가는 사랑'이다.

사람은 변한다. 처음의 설렘이 익숙함으로 바뀌고, 기대가 당연함이 되고, 때론 서로의 온도가 미묘하게 어긋나기도 한다. 하지만 진짜 사랑하는 사람은 그 변화를 알아차리고 다시 맞추려 노력한다. 멀어지려 할 때 다시 가까워지려 하고, 익숙함 속에서도 새로운 감정을 찾아내려 한다. 사랑이 변해도, 변하는 그 마음을 지켜 내려 애쓰는 사람이 있다.

사랑은 지켜 내는 것이다. 마음이 식었다면 다시 따뜻하게 데우고, 다투었다면 화해하고, 어긋났다면 다시 제자리로 돌리는 것. 그렇게 맞춰가는 것이 사랑이고, 그런 사람이 있는 관계가 오래간다.

결국, 사랑이란 변하지 않는 게 아니라 변해도 끝까지 함께하는 것이다. 변하지 않겠다는 다짐보다, 변할 때마다 다시 사랑할 수 있는 마음과 용기가 중요하다.

그러니 사랑을 믿고, 변해도 함께 맞춰갈 용기를 가지자. 변하지 않는 사랑을 꿈꾸기보다, 변해도 끝까지 함께하는 사랑을 하자.

때 묻지 않고 순수한 사람

하늘에서 내리는 새하얀 눈을 보며 손을 내밀어 조심스레 닿아 보는 사람. 입김을 불어가며 하얗게 퍼지는 공기를 신기해하고, 맛있는 음식 앞에서 어린아이처럼 눈을 반짝이며 기쁨을 숨기지 않는 사람. 한입 가득 넣고 행복이 얼굴에 스며들 듯 번지는 그 표정을 보고 있으면 나까지 덩달아 기분이 좋아진다.

슬픈 영화를 보며 눈물 콧물 다 흘리면서도 손에 든 팝콘은 놓치지 않는 사람, 옆에서 말없이 휴지를 건네주면 고맙다고 웃어 보이는 그 모습마저 참 애틋하다. 좋으면 좋다, 싫으면 싫다, 마음을 재거나 꾸미지 않고 솔직하게 표현하는 사람. 실수하면 변명하거나 핑계 대지 않고 "미안해"라고 담백하게 말하는 그런 맑고 투명한 사람들이 좋다.

그들과 함께하는 시간은 유난히 따뜻하다. 마치 겨울 끝자락에 피어난 작은 꽃처럼, 온 세상이 차갑고 얼어붙어 있어도 그들만의 온기가 느껴진다. 그들의 곁에서는 사소한 순간도 특별해지고, 일상이 조금 더 반짝인다.

한편으로는 여태 이 험난한 세상을 어떻게 살아왔을까 싶지만, 세상이 만만하지 않고 차갑다는 걸 알면서도 여전히 투명한 마음을 곤히 간직하고 있는 그들을 볼 때면 참 신기하고, 나와는 다르게 세상이 뭐라고 하든 상관없이 때 묻지 않은 순수한 삶을 살아가는 그들이 참 고맙다.

때론 그 순수함을 이용하려는 사람들을 만나 상처받지는 않을까, 세상의 날카로움에 베여 투명한 마음이 금이 가거나 다치진 않을까 걱정이 되기도 하지만, 부디 세상이 조금은 덜 차갑게, 조금은 덜 거칠게 그들을 품어주기를 바란다.

살면서 어쩔 수 없이 세상에 물들어 가겠지만, 그래도 그들만의 맑음은 오래도록 지속되었으면 좋겠다. 이미 세상에 너무 물들어 버린 내 마음까지도 따뜻하게 감싸주는 참 고마운 사람들, 나는 그들의 때 묻지 않은 순수함이 참 좋고 그들이 있어 세상은 여전히 아름답다.

표현하며 살자

사랑하는 마음을 표현하지 않아도 상대가 알아주길 바라는 것은 어쩌면 이기적인 기대일지도 모른다. 아무리 깊은 감정이라 해도 말하지 않으면 전해지지 않기 때문이다. 그래서 관심이 있다면 기다리기보다 먼저 다가가고, 사랑한다면 아끼지 말고 자주 표현해야 한다. 그게 관계가 깊어질 수 있는 가장 확실한 방법이다.

사랑한다면 사랑한다고, 보고 싶다면 보고 싶다고. 말해야 한다. 말하지 않으면 모른다. 말해도 모를 때가 있는데, 표현조차 하지 않으면 결국 오해가 쌓이고, 애틋함이 무뎌지고, 마음이 멀어질 수밖에 없다. 사랑은 보여 주는 감정이기도 하지만 들려주는 감정이기도 하다.

군이 말하지 않아도 알아야 진짜 사랑이라고 하는 건 큰 착각이다. 사랑은 주고받는 것이지, 한쪽만 애써 알아채야 하는 건 아니다. 말하지 않아도 얼마나 사랑하는지 알 거라는 생각은 결국 상대를 외롭게 만들 뿐이다. 모른다면 알려 주고 느끼지 못하면 느끼게 해야 한다.

연인은 물론이고, 가족도, 친구 등 모든 관계가 그렇다.

내가 느끼는 감정을
상대도 똑같이 느낄 거라고 생각하지 않기.

〈함부로 판단하지 않기〉

사랑할 확신

사랑을 시작하기 전, 우리는 끝없는 고민에 빠진다. 이 사람이
정말 나와 맞을까, 시간이 지나도 같은 마음일까, 혹시 후회하게
되지는 않을까. 머릿속에서는 온갖 생각들이 엉켜 있지만, 정작
가슴은 그리 복잡하지 않다. 다만, 확신이 없다는 이유로 그 감
정을 스스로 밀어내려 한다.

그러나 사랑의 확신은 상대가 내게 완벽한 사람이기 때문에 생기
는 것이 아니라, 내가 그 사람을 사랑하기로 결심했을 때 생기는
것이다. 너무 많은 걸 재고 따지다 보면 시작조차 할 수 없다. 과
거에 어떤 일이 있었고, 미래가 어떻게 될지 몰라도, 지금 마음이
떨리고 두근거린다면 그 감정을 믿을 수 있어야 한다.

사랑에도 유효기간이 있다. 상대가 아무리 나를 좋아해도 내가
확신이 없다면 결국 망설이다가 좋은 인연을 놓칠 수 있다. 그래

서 너무 망설이면 안 된다. 사랑을 이루는 건 완벽한 조건이 아니라, 그 사람과 함께하고 싶은 마음이니까.

사랑의 확신은 시작 전에만 필요한 것이 아니다. 사랑을 시작한 후에도, 사랑의 확신이 필요할 때가 온다. 연애는 늘 설레고 아름답지만은 않다. 때로는 서로를 실망시키고, 때로는 감정이 흔들리기도 한다. 하지만 사랑에 대한 확신이 있는 사람은 그런 순간에도 쉽게 흔들리거나 끝내지 않는다. 내가 선택한 사랑이기에, 내가 지켜야 할 관계이기에, 다투고 아파하면서도 끝까지 잡은 손을 놓지 않는다.

사랑은 완벽한 사람이 찾아와서 이루어지는 것이 아니다. 내 마음을 움직인 사람이기에 사랑하기로 결정하는 것이고, 그 결정을 끝까지 지켜 내는 것이다. 그것이 내가 아는 진짜 사랑이다.

세상에 많고 많은 사람들 중 누군가가 나를 사랑해 준다는 것, 그것만으로도 이미 기적 같은 일이다. 그러니 너무 깊이 고민하지 말자. 사랑의 확신은 상대가 만들어 주는 것이 아니라, 내가

만들어 가는 것이니까. 그 확신을 가질 때, 비로소 온전한 사랑
이 시작될 테니까.

1. 연락을 기다리지 않게 하는 사람

2. 사랑받고 있다는 걸 느끼게 해주는 사람

3. 귀여우면서도 어른스러운 사람

4. 싸웠을 때 먼저 사과할 줄 아는 사람

5. 표현을 자주 하는 사람

6. 시간이 지나도 변함없는 사람

〈평생 놓치면 안 되는 연인 6가지〉

마지막 인사

어느덧 우리가 헤어진 지 몇 년의 시간이 지났네요. 이제 저도 괜찮아졌습니다. 한때는 잠을 이루지 못할 정도로 많이 힘들었는데, 시간이 해결해 주었는지 이제는 더 이상 아프지 않네요. 요즘은 손에 잡히지 않던 일도 다시 잘 해내고 있고 친구들을 만나며 바쁜 하루를 보내는 날도 많아졌습니다.

솔직히 많이 힘들었습니다. 당신을 잊고 일상으로 돌아오기까지 오랜 시간이 걸렸습니다. 머리로는 정리해야겠다고 수없이 다짐했지만, 마음 한편에 여전히 남아있는 당신의 흔적을 마주할 때면 이따금 다시 생각이 났습니다.

특히 우리가 함께 거닐던 장소를 지날 때면 마치 약속이라도 한 듯 당신이 떠올랐습니다. '이제쯤이면 괜찮아지겠지.' 하며 기다려도 끝내 사라지지 않는 당신을 보며, 그냥 부정하는 걸 그만

두기로 했습니다.

오늘도 이 거리를 지날 때면 문득 당신이 떠오르지만, 그래도 더는 슬프지 않습니다. 더는 아프지 않습니다. 그저 어떤 하나의 기억과 추억으로 남아 있을 뿐입니다.

당신도 그러냐고 묻지는 않겠습니다. 이제 그런 말이 우리에게 큰 의미가 없으니까요.

부디 잘 지냈으면 좋겠습니다. 워낙 자기 앞가림은 철저한 사람이라 분명 잘 지내고 있을 거라 생각합니다. 그래도 더 많이 웃고 더 행복했으면 좋겠습니다. 어쩌면 이제 이 안부가 진짜 마지막일지도 모르겠습니다.

그동안 참 많이 고마웠습니다.

4장

당연한 것들은 전부
소중한 것

당연한 것들은 전부 소중한 것

우리가 당연하다고 생각했던 모든 것들이 전부 특별하고 소중하다는 걸 코로나 시기를 겪으면서 정확히 배웠습니다.

코로나 이전에는 마스크를 쓰지 않고 맑은 공기를 마실 수 있는 게 당연했었고, 집합 금지가 없어 사랑하는 사람과 손을 잡고 거리를 거닐거나, 소중한 사람들과 마주 보고 앉아 웃으며 식사를 할 수 있는 게 얼마나 소중한 것인지 몰랐습니다.

평생을 쓰지 않았으니까. 지금껏 아무런 제한 없이 잘 지내왔으니까. 이 모든 게 그저 당연한 줄로만 알았고, 당연한 것들이 또 영원할 줄로만 알았습니다. 하지만 갑작스럽게 찾아온 코로나로 인해 당연하다고 생각했던 모든 것들은 사라져 버렸습니다.

그리고 다행히 코로나는 지나갔지만 우리에게 아주 중요하고도 큰 메시지를 남겼습니다. 당연한 것들은 사실 전부 소중하다는 걸 말입니다.

그런데 과연 그 메시지가 당신에게 여전히 유효한지 묻고 싶습니다. 해야 할 일이 많다는 이유로, 시간이 없고 바쁘다는 이유로 소중한 것들을 당연하다고 생각하고 사는 건 아니신지요.

그래왔더라도 괜찮습니다. 지금부터 놓치지 않으면 됩니다. 소중할수록 더욱더 아껴주면서 부디 그 소중하고 특별한 것들을 그냥 흘려보내지 않았으면 합니다.

오랜 시간 사랑해서 조금은 무뎌진 연인이라면, 처음 만났던 그때를 기억하며 다시금 사랑을 전해보고, 주변에 고마운 사람이나 소중한 가족과 친구에게도, 그냥 지나치지 않고 감사한 마음을 표현하길 바랍니다. 그렇게 당신의 소중한 사람들과 가깝고 행복하게 지냈으면 합니다.

꼭 기억하세요. 이 세상에 당연한 건 없습니다. 당연하다고 생각하는 모든 것은 사실 전부 소중하고 특별한 겁니다. 그러니 놓치지 마세요. 그게 사람이 됐든 사랑이 됐든 뭐가 됐든 간에.

뭘 자꾸 기대해.

오늘이 가장 좋은 날인데.

가장 젊고, 가장 아름다운데.

그러니 오늘을 살아.

오늘도 지나면 절대 다시 돌아오지 않아.

<오늘이 가장 좋은 날>

이번 생은 처음이라

사람은 모두 완벽과는 거리가 먼 존재이며 실수는 인간의 본능이자 삶의 일부다. 그러니 실수했다고 해서 스스로를 채찍질하거나 주눅 들 필요는 없다. 물론, 같은 실수를 반복하지 않으려는 노력이 중요하지만, 한 번의 실수는 결코 우리를 무너뜨리는 돌이 되지 않는다. 오히려 그 돌을 디딤돌로 삼아 앞으로 나아가면 된다.

특히 처음 겪는 일이라면 더 그렇다. 태어나 처음 경험하는 것들 앞에서 서툴고 부족한 것은 너무도 자연스러운 일이다. 마치 아이가 처음 걸음마를 배울 때 넘어지고 다시 일어서는 것처럼, 우리는 실패와 실수를 통해 배우고 성장한다. 그러므로 평생 한 번도 해본 적 없는 일을 단번에 완벽하게 해내길 바라는 것은 어쩌면 스스로에게 너무 가혹한 기대일지 모른다.

진짜 문제는 실수를 두려워하거나 인정하지 못할 때 찾아온다. 잘하려는 마음이 지나쳐 자신을 옥죄고 긴장하게 만들면, 마음은 불안해지고 몸은 경직된다. 결국 이러한 부담이 쌓여 가는 과정에서 마음은 지치고 몸은 병들게 된다. 그러니 처음부터 완벽을 목표로 애쓸 필요가 없다. 우리는 실수 속에서 조금씩 나아지며 성장하는 존재이기 때문이다.

인생도 마찬가지다. 이번 생은 처음이라 모든 것이 서툴고 어색하며 불안정하다. 그래서 초조해하거나 남들과 비교하며 자신을 작게 만들 필요가 없다. 조급해하지 않고 천천히 걸어도 된다. 중요한 것은 속도가 아니라 방향이다. 멈추지 않고 한 발 한 발 내딛는 그 과정이 곧 성장이고, 그 과정이 바로 삶이다.

잊지 말자. 인생은 마라톤이라는 것을. 그러니 때로는 걸어가도 좋고, 잠시 멈추어 숨을 고르는 것도 괜찮다. 중요한 것은 그 자리에서 완전히 멈추지 않는 것. 오늘보다 내일, 그리고 그다음 날 더 나아질 수 있다는 믿음을 잃지 않으면 충분하다.

나를 품어주길

내가 나를 사랑하지 않는데 과연 누가 나를 사랑할 수 있을까. 내가 나를 소중하게 대하거나 아껴주지 않는데 어떻게 내가 행복할 수 있을까. 부족함 많고 실수투성이라도 그런 나를 내가 먼저 품어주어야 하지 않을까. 그래야 이 험난한 세상에서 지치고 힘들더라도 다시 살아갈 용기를 가질 수 있지 않을까. 많은 일을 겪고 아프고 쓰리더라도 극복할 수 있지 않을까. 많은 사람에게 미움받는 일을 하면서 나 자신을 아껴주라는 말이 아니다. 여러 일을 겪고 실패와 쓴맛을 맛보며 자존감이 한없이 무너져 내릴 때, 자신이 너무나도 나약하고 아무런 쓸모가 없다고 느껴질 때, 그런 나를 따뜻하게 품어주라는 것. 나조차 나를 아껴주지 않고 품어주지 않는다면 더 이상 삶을 살아갈 이유가 없으니까. 내가 다시 한번 용기 낼 수 있게 나를 따뜻하게 안아주고 사랑해 주자.

방법은 달라도 마음은 같다

지금은 아빠와 너무나도 편하고 가까운 사이지만, 몇 년 전까지만 해도 아빠는 내게 참 낯설고 거리가 먼 존재였다. 왜냐하면 아빠는 직업 특성상 항상 엄격하고 규율이 철저한 군에 20년 넘게 계시면서, 늘 집에서도 무뚝뚝하고 권위적인 아빠였기 때문이다. 나는 그런 아빠보다는 다정한 엄마를 더 좋아했고, 초등학교 4학년 부모님이 이혼하실 때도 잠깐 아빠와 살다 엄마와 살고 싶다며 결국 아빠 곁을 떠났다.

엄마와 살면서 가끔 아빠에게 놀러 갔는데, 사실 아빠를 보러 가는 목적은 따로 있었다. 아빠가 보고 싶어서 가는 것보다는 아빠에게 가면 용돈을 받을 수 있어서 어린 마음에 그게 마냥 좋았기 때문이다. 아빠는 항상 나를 만나고 헤어질 때면 지갑에서 10만 원을 꺼내 주셨는데 그때 당시 내 나이는 고작 중학생밖에 되지 않았기에 10만 원이라는 용돈은 내게 너무 컸고, 그래서 나는 아빠를 보러 가는 것보다 큰돈을 받으러 가는 게 더 좋았다.

그러다 하루는 군대를 전역하고 학교 앞에서 작은 문구점을 운영하는 아빠 가게에 놀러 가게 되었다. 그리고 아빠와 하루 종일 같이 있으면서 아빠가 어떻게 돈을 버는지 자세히 보게 되었다. 그전에는 아빠가 어떻게 돈을 버는지 알 수도, 크게 궁금하지도 않았는데 그날 아빠의 모습을 보면서 참 많은 생각이 들었다.

아빠는 쉬는 날을 제외하고 늘 학생들을 먼저 맞이할 준비를 하신다면서 새벽 6시에 출근을 하셨다. 그날도 자동차 유리에 서리가 꽁꽁 얼어 와이퍼로 잘 닦이지 않는 추위에도 학생들과의 약속은 지켜야 한다며 옷으로 몸을 꽁꽁 싸매고 출근했다.

그리고 가게에 도착하자마자 전날 많은 사람들이 다녀간 바닥 여기저기에 있는 발자국을 깨끗이 닦고 어젯밤 아무도 없어 캄캄하고 적적한 공기를 환기시키며 손님을 맞이할 준비를 하셨다. 어린 손님들은 8시가 조금 안 됐을 무렵부터 서서히 가게 앞을 기웃거렸고 8시가 되자 기다렸다는 듯 필요한 준비물과 장난감을 사러 왔다.

아빠는 학생들이 가게에 들어오면 손자뻘 되는 한 명 한 명에게 인사를 건네며 자신이 필요한 물건이 어디에 있는지 질문하는 학생에게 존댓말로 직접 물건을 찾아 주셨다. 그렇게 아빠는 저녁 10시가 다 되도록 가게에 있으면서 손님을 맞이했고 너무 오래 서 있어 다리가 아파 두들기다가도 손님이 오면 언제 그랬냐는 듯 웃으며 반갑게 손님을 맞이했다.

하루 종일 가게에 있다가 마감하고 퇴근 준비를 하는데 아빠가 갑자기 나를 부르더니 계산대 밑에서 5만 원권 지폐 2장을 꺼내 건네주셨다. 순간 나는 그 돈을 보고 마음이 참 많이 슬펐다. 분명 그토록 기다리던 10만 원이었는데 이상하게 오늘만큼은 이 돈을 선뜻 받을 수 없었다. 왜냐하면 그동안 내가 놀러 갈 때마다 아빠가 주셨던 돈이 단순한 10만 원이 아니라는 걸 알아버렸기 때문이다.

직업 특성상 많은 돈을 벌기 어렵고 돈을 벌기 위해선 많이 팔아야 하는데 아빠는 아들에게 용돈을 주기 위해 하루 종일 천 원짜리 펜을 100개씩 팔면서 차곡차곡 돈을 모으셨다는 생각이 드니까 차마 돈을 받을 수 없었다.

이 돈이 그냥 돈이 아니라, 겉으로는 무뚝뚝하고 사랑한다는 말조차 하지 않는 표현 서툰 아빠가 아들에게 다른 방법으로 표현하는 사랑이라고 생각하니, 여태 나는 그것도 모르고 마냥 큰 돈이라는 것에 좋아한 자신이 부끄러웠다. 그래서 안 주셔도 된다고 사양했지만, 아빠는 받으라며 내 손에 10만 원을 꼭 쥐어 주셨다. 그리고 그 돈을 받고 다음 날 학교로 돌아가는 버스 안에서, 아들이 용돈을 받고 기뻐하는 모습을 보며 힘들고 지쳐도 다시 힘냈을 아빠를 생각하며 참 많이 울었다.

나는 이제 어느덧 자라 성인이 된 지 한참이 지났지만, 아빠는 여전히 나를 만날 때마다 10만 원을 내 손에 꼭 쥐어 주신다. 이제는 내가 드려야 할 나이이니까 안 주셔도 괜찮다고 말씀드려도 아빠는 손사래를 치며 억지로 받으라고 하신다. 그런 아빠를 보면서 아들을 향한 아버지의 따뜻한 사랑이라고 생각하며 감사히 받는다.

문득 살다 보니 한 가지 깨달은 게 있다. 사람마다 표현의 방법이 전부 다르다는 것. 누구는 사랑을 직접적으로 말하고 표현하는 반면에 다른 누군가는 사랑한다는 말은 하지 않지만, 아빠가 내게 그랬던 것처럼 다른 방법으로 표현을 하기도 한다는 것.

하지만 자세히 들여다보지 않으면 쉽사리 발견하기 어렵다. 그래서 가끔 사랑하지 않거나 관심이 없는 건 아니냐며 오해하기도 한다. 하지만 그런 게 아니다. 사랑하는 방법이 다를 뿐 각자 자신만의 방법으로 표현을 하며 산다. 그리고 그 마음을 발견할 때면 마음이 참 따뜻해지고 감사함을 느끼게 된다.

직접적으로 말하거나 티 내진 않아도 자세히 들여다보면 느끼고 보이는 것들이 있다. 어쩌면 요즘처럼 각박하고 차가운 세상에서 이런 자세가 꼭 필요하지 않을까 싶다. 그러면 세상은 지금보다 따뜻해질 수 있지 않을까 싶다.

관계에 있어 마음 정리는 필수

여느 때와 다를 거 없이 책상에 앉아 열심히 글을 쓰고 있던 어느 날, 평소와 다르게 집중이 잘 되지 않았다. 글보다 자꾸만 책상 여기저기에 길을 잃고 널브러져 있는 물건들이 눈에 들어왔고 눈에 걸리적거리는 것들을 치우고 다시 마음을 잡고 글을 써도 또다시 다른 것들이 눈에 들어와 도무지 집중이 되질 않았다.

그래서 하던 일을 멈추고 방을 정리해야겠다고 생각했고, 어지럽혀져 있던 책상을 깨끗이 정리했다. 널브러져 있는 물건들을 다시 보금자리에 데려다 편안하게 눕혀 주었고, 촉촉한 물수건으로 책상을 닦아주었다.

이왕 이렇게 된 거 오랜만에 방 청소를 제대로 해야겠다 싶어서, 창문을 열고 환기를 시킨 뒤 방 안에 떨어져 있는 먼지와 쓰레기를 줍고 청소기도 돌리며 방을 깨끗이 청소했다. 그렇게 한

바탕 청소를 끝내고 가지런하게 정돈된 방과 책상을 보니 마음이 한결 가벼워졌다.

그렇게 다시 앉아 글을 쓰기 시작했는데, 집중이 잘되지 않았던 방금 전과는 다르게 술술 막힘없이 원고를 써 내려갔고, 집중해서 잘 마무리할 수 있었다. 작업을 끝내고 방을 나오는데 문득 방 정리처럼 우리의 마음도 정리가 필요하지 않을까란 생각이 들었다.

예전에 나는 헤어진 사람을 잊지 못한 채 오랜 시간을 그리워한 적이 있다. 그러다 보니 새로운 만남을 기피했고 관심을 보이는 사람이 있어 잘 되나 싶다가도 어느 정도 관계가 깊어질 거 같으면 나도 모르게 마음을 주지 못하고 밀어냈다.

마치 마음이 고장 난 느낌이었다. 나조차 내가 왜 이러는지 몰랐다. 하지만 어느 정도 시간이 흐르고 깨닫게 된 사실은, 여전히 과거를 잊지 못하고 그리워하고 있기 때문에 다른 사람을 못 만난다는 걸 깨닫게 되었다.

4년을 만났다 보니 추억이 많았고 그래서 헤어짐이 더욱 아팠다. 그러고 다시 누군가를 만나 마음을 준다는 게 힘들었다. 또다시 같은 일이 일어날까 겁이 났고, 어차피 끝이 보이는 관계라면 애초부터 시작을 하지 않는 게 더 편하다고 생각했다. 그래서 잘 되나 싶다가도 얼마 못가서 관계를 정리했다.

그런데 사실 그럴 필요가 없었다. 예전에 내가 누굴 만나고 어떤 일을 겪었든 새로운 사람도 그럴 거란 보장은 없으니까. 사람은 전부 다 다르기 때문에 굳이 겁먹을 필요가 없었다.

하지만 그 전에 마음 정리는 필수다. 정리가 되어 있지 않은 방에서 작업을 하면 집중을 할 수 없듯, 여러 가지 복잡한 감정이 얽히고설킨 마음 안에는 다른 누군가가 들어올 수 없다.

여전히 다른 누군가를 잊지 못하고 새로운 만남이 망설여진다면 한번 자신의 마음을 살펴보면 좋겠다. 누군가를 만나기 위해 마음 정리가 잘 되었는지. 여전히 마음이 어지럽고 복잡한 건 아닌지. 쉽진 않겠지만 하나씩 정리하다 보면 얽히고설킨 복잡한 감정들을 정리하고 다시 좋은 인연을 맺을 수 있을 것이다.

마음 정리를 통해 앞으로 찾아올 인연은 나를 사랑해 주고 행복하게 해 줄 거란 기대를 갖고 그렇게 좋은 사람과 좋은 인연을 맺고 다시 또 실컷 사랑하고 행복했으면 좋겠다.

나를 돌아보는 연습

결국 인생은 내가 행복하기 위해 사는 것인데, 종종 나 자신을 돌보지 않은 채 무작정 앞만 보고 달리기만 할 때가 많다. 더 나은 삶, 더 좋은 미래, 더 높은 목표를 위해 애쓰지만, 정작 지금 이 순간 나는 어떤 상태인지 돌아보지 못한 채 살아간다. 그러다 보면 지치고, 힘들고, 내가 무엇을 위해 이렇게까지 애쓰는지조차 희미해진다.

그래서 종종 나를 돌아보는 시간을 가져야 한다. 거울을 보며 내 얼굴을 찬찬히 들여다보기도 하고, 사진 속 내 표정이 웃고 있는지 확인해 보기도 하고, 가까운 사람들에게 "요즘 내 모습은 어떤지" 물어보기도 해야 한다.

그러면서 내가 지금 나 자신을 잊고 너무 멀리 와버린 건 아닌지, 행복하고 싶었는데 어느새 행복은 사라지고 '불행하지 않음'

에 그저 안도하고 있진 않은지, 내가 내 인생을 살아가고 있는 것이 아니라 그저 흘러가는 대로 떠밀려 살고 있지는 않은지 스스로를 살펴봐야 한다.

어쩌면 이 글을 읽는 당신도 자기 자신을 가장 소홀하게 대하며 살아가고 있을지 모른다. 남들에게는 한없이 다정하면서도 정작 내 감정엔 무심하고, 다른 사람을 위로하는 데는 익숙하면서도 내 마음을 다독이는 법은 잊고, 다른 사람의 말에는 잘 귀기울이면서도 내 마음이 보내는 신호는 외면한 채 살아가고 있을지도 모른다.

그러니 나를 좀 더 돌보며 살아가자. 내 인생에서 내가 빠지면, 그것은 더 이상 '내 삶'이 아니다. 지금 이 순간, 나는 잘 지내고 있는지, 나는 행복한지, 한 번쯤 내게 물어보자.

소확행

'작지만 소소한 행복을 발견하며 사세요.' '하루를 살아도 작은 행복을 느끼며 사세요.' 소확행이라는 말. 행복을 전하고 꿈꾸는 많은 사람들이 오래전부터 지금까지 많이 하는 이야기이고 우리가 자주 듣던 말일 겁니다.

하지만 과연 그렇게 사는 사람이 몇 명이나 있을지 의문이 들 때가 많습니다. 저조차도 머리로는 그렇게 살아야 하는 걸 너무나 잘 알고 있지만, 주어진 하루를 쳐내기도 바쁜 게 현실이기 때문입니다.

그럼에도 바쁘게 살다가 우연히 이 단어를 듣거나 볼 때면 잠깐 집중하던 걸 내려놓고 생각에 잠기게 됩니다. '과연 나의 오늘의 작은 행복은 무엇일까.' 문득 궁금해집니다. 그리고 생각에 잠겨 잊고 있던 행복을 발견하면 괜스레 미소가 지어집니다. 마치 너무 좋아해 매일 가지고 놀던 장난감을 잃어버렸다가 다시 찾은 기분이랄까요.

늦잠을 자고 부랴부랴 나와서 지각할 거라 생각했는데 지하철을 기다리지 않고 바로 타 회사에 늦지 않게 도착했을 때의 기분, 아침을 안 먹고 출근하지 않았냐며 빵과 커피를 사주신 대표님을 바라보며 감사했던 마음, 뜬금없이 잘 지내고 있냐며 안부를 묻는 친구에게 고마움을 느끼는 순간. 이렇게 하나씩 하나씩 발견할 때면 평소에는 느끼지 못했던 기쁨이 밀려옵니다.

어쩌면 '소확행'이라는 단어는 이렇게 쓰이길 바라는 누군가의 작은 염원이 담긴 게 아닐까 싶습니다. 소소한 행복을 느끼며 살라는 말 그대로, 단어를 볼 때마다 작은 행복을 떠올리며 조금이라도 행복하길 바라는 마음 말입니다. 이렇게 하지 않으면 하루가 그냥 지나가고 말 테니까요. 행복을 찾지 않고 살지도 모르니까요. 바쁘더라도 작은 행복을 놓치지 말라는 소중한 마음이 담겨 있는 게 아닐까 싶습니다.

당신에게도 소소하지만 확실한 행복이 존재할 겁니다. 잠깐 하던 일을 멈추고 생각해 보면 좋겠습니다. 그렇게 소소하지만 확실한 행복을 발견하면서 살면 좋겠습니다.

그렇게 잠시라도 기쁨을 느낄 수 있다면, 이 단어의 의미와 마음은 충분하지 않을까 싶습니다.

기꺼이 내려놓을 줄도 알아야 한다

사랑을 표현할 때 꼭 무엇을 건네야 하는 건 아니다. 물질이나 마음으로 표현하지 못하더라도 다른 방법으로 충분히 표현할 수 있다. 그건 바로 사랑하는 사람이 싫어하거나 원치 않는 것을 기꺼이 포기하고 내려놓는 방법이다. 사랑한다면서 상대방이 불편해하는 것을 계속하는 건 어불성설이다. 그게 마음이 됐든, 일이 됐든, 사람이 됐든, 그 무엇이 됐든. 정말로 사랑한다면 나 자신만을 위하는 삶이 아닌 우리를 위하는 삶이 되어야한다. 그래서 자신에게 이해가 되고 용납이 되더라도 상대가 이해하질 못한다면 무작정 상대가 틀렸다며 깎아내리는 것이 아니라 대화를 통해 맞추어 가야 하며, 상대를 이해시키지 못한다면 자신을 기꺼이 내려놓을 수도 있어야 한다. 여전히 상대를 힘들게 하면서 끝까지 자신을 내려놓지 못한다면, 그리고 그걸 상대가 이해해 주길 바라는 것이 오직 사랑이라고 생각한다면 그건 잘못된 것이다. 정말로 사랑한다면 사랑 앞에서 기꺼이 자존심 마저도 내려놓을 줄 아는 게 진정한 내가 아는 사랑이다.

　　외롭다고 다른 누군가를 섣불리 만나지 않기. 충분한 수면을 통해 삶의 밸런스를 맞추기. 새벽까지 깨어 있지 않기. 온전히 나만의 시간을 가질 수 있는 취미를 만들기. 생각이 나를 괴롭힐 수 없게 하루를 꽉 채워 살기. 그럼에도 복잡한 생각이 든다면 운동을 통해 땀을 흘리며 생각 털어내기. 그리고 가끔은 수고한 나를 위해 정성스러운 선물하기. 오랜 시간 슬픔에 매혹되거나 빠지지 않기. 과거를 떠올리며 추억에 잠기지 않기. 더 이상 당신을 그리워하지 않기.

〈혼자서 견디는 법〉

후회 없는 인생을 살길

학창 시절 호스피스 병원에 봉사를 간 적이 있다. 병동에 들어가기 전에 선생님은 죽음이 얼마 남지 않은 분들이라는 걸 미리 설명해 주셨고, 슬퍼하지 말고 그저 오늘 하루만큼은 어르신들의 행복이 되어 드리면 좋겠다고 하셨다. 어떻게 하면 어르신들을 즐겁게 해 드릴 수 있을까란 생각과 달리 조금은 무거운 발걸음으로 병동에 들어갔다.

병동에는 참 많은 어르신들이 계셨고, 많은 분들이 우리를 손주 맞이하듯 반갑게 맞아주셨다. 어르신들을 만나면 이런저런 이야기를 하며 좋은 시간을 보내겠다고 생각했는데, 막상 어르신들을 마주하니 오래 사시지 못할 거라는 생각에 마음이 아팠다. 표정 관리도 잘되지 않고, 무슨 말을 해야 할지 도무지 떠오르지 않아 애를 먹었다. 그래서 어르신들 옆에 앉아서 하시는 말씀을 잠잠히 들으며 웃음으로 화답했다.

대화가 오가며 서서히 분위기가 무르익어갈 무렵, 저기 한 발짝 멀리서 나를 지켜보며 흐뭇하게 웃으시는 할머니 한 분과 눈이 마주쳤고, 나는 할머니에게 다가가 가볍게 인사를 드렸다. 그랬더니 할머니는 내 손을 꼭 잡으시더니 아무 말 없이 한참 동안 나를 지그시 바라보다가 웃으며 말씀하셨다.

"학생, 참 보기 좋아요. 얼굴도 잘생기고 키도 훤칠하고. 무엇보다 나는 학생이 가지고 있는 그 젊음이 참 부러워요. 나도 학생처럼 젊었던 시절이 있었는데, 이제는 다 늙어서 머리도 빠지고 얼굴엔 주름살이 가득해져 버렸네요."

나는 할머니에게 아니라며 손사래를 쳤지만 할머니는 추억을 회상하시는 듯 무언가 생각에 잠기시더니 이내 다시 진지한 표정으로 말씀하셨다.

"늙은이가 주책같아 보이겠지만 꼭 해주고 싶은 말이 있어요. 만약 학생이 원하고 도전하고 싶은 게 있다면 주저말고 해보길 바라요. 늙으면 나중에 다 후회하거든요. 나도 다시 젊었을 때로 돌아갈 수만 있다면 하고 싶은 걸 하면서 후회 없는 삶을 살아보고 싶어요. 하지만 그러기에는 이미 나이가 많이 들었고, 죽는 날만 기다리고 있자니 못해 본 것에 대한 후회만 가득 남네요."

그러니 부디 학생은 나처럼 후회하지 않았으면 좋겠어요. 진심으로요. 사랑하는 사람이 있다면 후회 없이 사랑했으면 좋겠고, 부모님도 살아 계실 때 잘 모시고, 꿈이 있고 목표가 있다면 주저하지 말고 해보세요. 실패하면 좀 어때요. 학생은 아직 실패해도 다시 일어날 수 있는 젊음이 있잖아요. 젊음이 곧 무기예요. 나는 그런 학생이 참 부럽고 학생이 원하는 걸 이루고 행복하게 살면 좋겠어요.

할머니는 내게 진심으로 말씀해 주시고 다시 한번 내 손을 살포시 잡으시더니 잔잔히 쓰다듬어 주셨다. 그리고 그날의 대화는 내게 굉장히 큰 울림을 주었다.

할머니를 만나고 벌써 긴 시간이 지났다. 시간이 지나면 잘 기억하지 못하는 성격임에도 불구하고 그때 할머니가 해주셨던 말씀은 여전히 마음 한구석에 남아 종종 떠오른다. 그리고 오늘도 후회 없이 살아가려고 여전히 노력하는 중이다.

어쩌면 할머니의 진심이 나를 그렇게 만든 건 아닐까 싶다. 후회 없이 살았으면 하는, 당신이 죽음 앞에서 가장 후회했던 걸 나는 그러지 않았으면 한 마음과 따뜻했던 손길이 지금 이 순간 다시 또 느껴진다.

"할머니. 그때 할머니와 나눴던 대화를 여전히 기억합니다. 후회 없이 살았으면 좋겠다던 그 진심을요. 할머니를 뵙고 많은 시간이 지났지만 저는 아직 여전히 젊습니다. 그런데 이것저것 도전은 많이 하고 있지만 잘 되지 않을 때도 많아요. 그래도 괜찮습니다. 하다 보면 또 좋은 날이 오겠지요. 할머니가 해 주셨던 말씀처럼 이 젊음이 영원하지 않다는 걸 기억하며 허투루 쓰지 않을게요. 언젠가 한번 뵙고 싶습니다. 그럼 그때까지 잘 지내시길 바랄게요. 감사합니다."

어느 구족화가 이야기

한때 나보다 잘나고 빛나는 사람들을 보면서 불편해 했었다. 나는 내가 봐도 별로 내세울 것 없는 사람이었고, 그에 비해 그들은 부족함 없이 행복한 삶을 사는 것처럼 보였기 때문이다. 그들의 삶이 너무나 부러웠고, 그 부러움은 점점 시기와 질투로 변했다. 그리고 그 화살은 나 자신을 향해 날아들어 점점 더 나를 아프게 했다.

그러던 어느 날, 구족화가의 강연을 듣게 되었고 화가는 자신을 이렇게 소개했다.
"안녕하세요, 저는 세상에서 가장 행복한 구족화가입니다."

그 말을 듣고 나는 속으로 '말도 안 돼.'라고 생각했다. 스스로 걷지도 못하고, 손조차 제대로 움직일 수 없어 누군가의 도움 없이는 강연조차 할 수 없는 사람이 어떻게 자신을 행복하다고 말할 수 있을까? 강연이라서 '행복한 척'하는 것이라고 생각했다.

그렇게 의심 가득한 마음으로 강연을 듣던 중, 문득 화가의 얼굴이 눈에 들어왔다. 강연을 하는 내내 환하게 웃으며 세상에서 가장 좋아하는 사람과 이야기를 나누는 것처럼 진심으로 행복해 보였다. 나는 그가 과연 무엇 때문에 저렇게 웃을 수 있는지 점점 궁금해졌다.

그리고 강연을 다 듣고 나서야 화가의 말이 진실임을 알 수 있었다. 화가는 자신을 다른 사람과 비교하지 않았다. 그저 주어진 하루를 감사하며, 자신만의 행복을 발견하며 살고 있었다. 걷지 못해 휠체어를 타고, 손 대신 발로 그림을 그려야 하는 삶이었지만, 그는 현재 자신의 위치에서 행복의 조건을 찾는 일을 멈추지 않았다.

그는 강연 내내 '감사'와 '행복'이라는 단어를 반복하며 해맑은 미소를 잃지 않았고, 그 미소는 그의 이야기가 단지 말로만 전해지는 것이 아니라, 진심으로 살아온 삶에서 비롯된 것임을 증명

했다.

나는 그날 화가의 강연을 듣고, 지금까지 내가 가졌던 행복의 기준이 완전히 무너지는 것을 느꼈다. 타인과의 비교 속에서 내가 부족하다고 생각했던 순간들, 그로 인해 스스로를 불행하다고 여겼던 날들이 떠올랐다. 하지만 비교를 멈추고 내 삶을 돌아보니, 그 안에 크고 작은 행복들이 보이기 시작했다.

가진 것 없어도 부족함 없이 사는 것, 잘하는 건 없어도 꾸준히 해내는 일이 있다는 것, 어려울 때 기대어 울 수 있는 가족이 있다는 것, 언제라도 연락할 수 있는 친구가 있다는 것, 그리고 무엇이든 도전할 수 있는 젊음이 있다는 것. 그렇게 소소한 행복들을 발견할수록 마음속에 어둠은 조금씩 사라져 갔다.

그렇게 하루하루 내 삶의 행복을 발견하며 살다 보니, 요즘은 자주 환하게 웃고 있는 나를 발견한다. 어쩌면 내가 힘들었던 이유는 남들과 나를 비교하며, 세상이 정해놓은 행복의 기준에 얽매여 있었기 때문이 아니었을까? 사실 행복이란 누군가가 정해 줄 수 있는 것이 아니고, 정답도 없는 것인데 말이다.

우리는 모두 각자만의 삶을 살아간다. 그리고 그 안에는 각자만의 행복이 있다. 그러니 남들과 나를 비교하며 초라하게 여길 필요는 없다. 그저 하루하루 내 안의 행복을 발견하며 살아가면 된다. 그것이야말로 우리가 진정 행복해질 수 있는 유일한 방법이다.

네이버 박스

어느 날 갑자기 네이버 박스에서 9년 동안의 사진을 공유해 주었어. 별생각 없이 눌러봤는데, 생각보다 참 많은 걸 했더라. 대학교 생활, 대외 활동, 알바, 해외 봉사, 축제, 여행, 군대까지. 너무 바빠서 잊고 살았던 순간들이 한 장 한 장 스쳐 지나가는데, 왠지 모르게 마음이 뭉클해지더라고.

'지금까지 뭐 하면서 살았나' 싶었는데, 이렇게 보니 나름대로 잘 살아왔더라. 물론 처음 꿈꿨던 목표와는 조금 다를 수도 있지만, 적어도 가만히 멈춰 있었던 건 아니더라고. 남들은 어떻게 볼지 몰라도, 나 나름대로 부지런히 움직이고 있었더라고.

그러면서 문득 그런 생각이 들었어. 기준을 어디에 두냐에 따라 인생이 행복과 불행으로 나뉜다는 생각. 너무 거창한 목표만 좇으려고 하니까, 정작 내게 힘이 되어 준 소중한 순간들을 놓치고 살았다는 걸 깨달았어.

네이버 박스 안에 담긴 이 모든 사진들이, 사실 내가 열심히 살아온 증거이자 이유였을 텐데 말이야. 목표를 향해 달려가는 것도 중요하지만, 그 과정에서 쌓인 추억들이 결국 내 삶을 더 단단하게 만들어 주지 않을까 싶어.

그래서 이젠 무작정 목표만 좇으며 사는 대신, 지나온 순간들을 좀 더 소중히 여기면서 살아 보려고 해. 그리고 그 모든 추억을 벗 삼아, 내일을 또 살아가 보려고 해.

슬픔을 이기는 가장 확실한 마음

살면서 필요한 것들이야 무수히 많겠지만, 그중에서 딱 하나만 고르라면 나는 '긍정적인 마음'을 고르겠다. 잘 됐으면 하는 일이 계속 꼬이고, 잘 되나 싶은 일도 어렵고 힘들게만 느껴져 걱정과 불안이 찾아올 때, 그 '부정적인 생각'을 이길 수 있는 가장 확실한 마음. 일이 잘 안 풀리고 어렵더라도 결국 해낼 거라는 희망적인 마음. 언뜻 보면 별거 아닌 것 같아도 판을 뒤엎을 만큼 위대한 마음 말이다. 이 마음 하나만 있다면 세상을 전부 헤쳐 나갈 수 있다. 그리고 큰 자신감이 생긴다. 큰 슬픔과 시련이 찾아오더라도 내일의 해는 나를 향해 반드시 환하게 뜰 거라는 확신과 함께 마음에 소망이 자란다. 이 긍정적인 마음을 갖는 순간 불행은 행복으로 바뀌고 절망은 희망으로 바뀐다. 세상을 보는 눈 또한 완전히 달라진다. 이 마음이 얼마나 크고 귀한 것인지 당신은 알까. 당신, 결국 잘될 거고 행복할 거니까. 마음 안에 '긍정'을 꼭 쥔 채 절대 놓지 않길 바란다.

실컷 사랑하자

한 번도 알지 못했던 사람 둘이 만나 사랑에 빠지는 일이 얼마나 놀랍고 기적같은 일인지. 스쳐 지나갔을 수도 있었던 서로가 어쩌다 하필 그날, 그 순간, 그곳에서 마주쳤고, 말투와 표정, 공기와 날씨, 모든 것이 기막히게 맞아떨어졌다는 게, 그리고 서로의 마음속에 잔잔한 물결이 일었다는 게, 정말 놀랍고 말로 다 설명할 수 없는 신비로움인 것 같다.

우리의 하루 속에는 수많은 사람과의 스침이 있다. 그중 단 1%의 확률로 인연이 되고, 그 인연이 사랑으로 이어진다는 건 삶이 선사하는 가장 큰 경이로움일지 모른다. 그래서 사랑은 찬란하고도 눈부시다. 사람이 사람을 만나 서로의 삶 속에 스며들고, 그 마음이 깊어져 연인이 되는 것. 그 모든 과정을 우리는 참으로 애틋하고 소중한 사랑이라 부른다.

지금 누군가와 사랑을 나누고 있다면, 당신은 삶이 준 가장 큰 선물을 받은 사람이다. 사랑하는 사람을 만난다는 건 단순한 우연이 아니라 어쩌면 운명이기에, 지금 곁에 있는 사람을 더 애틋하게 아끼고 마음껏 사랑했으면 좋겠다. 사랑이 주는 따뜻함과 그 순간의 황홀함이 당신의 하루를 한없이 빛나게 할 것이다.

혹시 사랑을 주저하거나 망설여진다면 용기를 내면 좋겠다. 마음 한구석에 누군가가 떠오른다면, 그 작은 떨림을 그냥 지나치거나 주저하지 말고 손을 내밀면 좋겠다. 그 시작이 당신의 인연을 사랑으로 물들이는 기적을 선물할지도 모른다. 어쩌면 당신이 기다리던 사랑은 이미 바로 곁에 있을지도 모른다.

사랑을 시작하기에 적당한 때란 없다. 살아 숨 쉬는 모든 순간이 바로 사랑하기에 충분한 시간이다. 그러니 주저하지 말고 마음껏 사랑하자. 사랑이 당신의 삶을 온기로 가득 채우고, 행복으로 물들게 할 것이다. 오늘도, 내일도, 당신의 하루가 사랑으로 가득 찬 찬란한 순간으로 남길 바란다.

살면서 무조건 걸러야 하는 말

살면서 무조건 걸러야 하는 말이 있다. 그건 바로 경험하지도
못한 사람들이 떠들어대는 말이다. 예를 들어 사업을 해보지도
않은 사람이 사업하면 망한다고 이야기하는 게 신빙성이 있을
까. 미국에 가 보지도 않은 사람이 미국 가 봤자 별거 없다고 말
하는 게 의미가 있을까. 이처럼 가끔 자신이 경험하지도 않은
걸 주변에서 어렴풋이 듣거나 지레짐작하면서 마치 자기가 경험
해 본 것처럼 왈가왈부하는 사람들이 있다. 그러나 그런 사람들
의 말은 굳이 들을 필요가 없다. 혹시 들더라도 한 귀로 듣고 한
귀로 흘려보내라고 말하고 싶다. 왜냐하면 그들의 말은 알맹이
가 없는 텅 빈 껍데기일 뿐이니까. 우리 인생에 전혀 도움이 되
지 않는다. 직접 경험한 사람들의 말은 크게 들어도 경험하지
않은 사람들의 말은 믿고 거르자.

배려심 깊고 따뜻한 사람

내게 어떤 사람이 좋냐고 물어본다면 배려심 깊고 따뜻한 사람
이라고 말하겠다. 말을 할 때 상대방의 감정과 기분을 헤아리려
며 이야기하는 사람, 자신의 행동으로 상대방이 불편하지는 않
을까 고민하고 생각하는 사람. 나는 그런 배려심 깊은 사람이
좋다.

나를 내려놓으면서까지 상대방에게 친절하라는 말이 아니다. 같
은 말이라도 상대방의 얼굴을 찌푸리게 만드는 사람이 있고, 웃
음 짓게 만드는 사람이 있다. 나는 그렇게 상대방의 입장에서
고민하고 생각할 줄 아는 사람이 좋다.

또 사소한 것에도 고맙다고 표현할 줄 아는 사람. 자신의 실수
나 잘못으로 상대가 불편하진 않았을까 미안해할 줄 아는 사
람. 작은 수고로 다른 사람이 편할 수 있다면 그 일을 마다하지

않는 사람. 그렇게 마음이 따뜻한 사람과 함께하고 싶다.

반대로 다른 사람의 잘못과 실수를 너그럽게 용서할 줄 아는 사람, 다른 사람의 아픔과 슬픔을 위로할 줄 아는 사람이면 좋겠다. 알다시피 누군가에게 친절을 베푸는 것보다 잘못을 용서해주는 게 더 어려운데 바다처럼 넓고 깊은 마음으로 품을 줄 아는 사람이면 좋겠다.

이런 사람을 만나면 점점 더 알고 싶고 궁금해진다. 가까운 사이가 아니면 알아가고 싶어지고, 친하다면 더 친해지고 싶다. 이들과 함께하면 할수록 나도 점점 그들을 닮아갈 거라는 생각에 괜히 마음마저 설렌다.

누군가 내게 먼저 베풀길 바라는 것보다 내가 먼저 그런 사람이 되어야겠다고 생각한다. 먼저 배려심 가득하고 이해 넘치는 사람이 됐을 때 내 주위에도 그런 사람들로 가득 넘쳐날 테니. 배려와 이해심이 오가는 따뜻함 속에서 온기를 느끼며 살고 싶다. 이해와 배려 속에서 살아가자. 타인은 안중에도 없고 자기밖에

모르는 각박하고 차가운 세상이 아닌 서로가 서로를 배려하고
이해하는 그 따듯함 안에서 오래 머물자. 그 온기가 얼어붙은
마음을 녹이고 관계를 더욱더 끈끈하게 만들어 갈 테니.

오래오래 따듯함이 전해지길 빈다. 오래오래 행복하길 빈다.

나와 맞지 않았던 것뿐이니 자신을 탓하며 자책하지 않기
관계가 여기까지라는 걸 인정하고 미련 갖지 않기
앞으로의 인연은 이전보다 나을 거라며 긍정적으로 생각하기
다른 사람에게 기대하지 말고 내가 나를 소중하게 아껴주기

〈상처받지 않으려면 가져야 할 4가지 자세〉

삶을 대하는 자세

장교로 임관해서 2년 동안 열심히 군 생활을 하던 어느 날, 다시 한번 미세하게 손가락 마비가 찾아왔다. 그런데 이상한 건 갑자기 목덜미마저 시큰거리면서 저려 왔고, 평소에 이런 증상이 없었던 터라 다음 날 바로 지휘관에게 보고를 하고 국군수도병원으로 진료를 받으러 갔다.

병원에 도착해서 내 상태를 자세히 관찰한 군의관은 목 디스크가 의심되니 MRI를 촬영하자고 했고, 검사가 밀려 바로 할 수 없어 예약을 하고 돌아왔다. 하지만 집으로 돌아와도 여전히 뻐근하고 저릿한 증세가 계속되었고 혹시 큰 병에 걸린 건 아닌가 싶어 불안한 마음이 들었다.

별일 없길 바라는 기대를 품고 예약한 날에 가서 MRI 촬영을 했는데 다행히 큰 문제가 아니었고, 군의관은 혹시 모르니 협진을 받아 보라며 재활의학과를 연결해 주었다.

그렇게 재활의학과에서 협진을 보는데 군의관은 내 증상을 보고 상태가 심각한 것 같으니 당장 입원해서 정밀 검사를 진행하자고 했고, 나는 당혹감을 감추지 못하고 무엇이 문제냐고 되물었다.

그러자 군의관은 "아직 정밀 검사를 진행하지 않아서 정확하게 판단할 수 없지만, '근육위축증'인 것 같아요. 말 그대로 근육이 위축되면서 신경이 서서히 마르고 운동 신경이 저하되면서 결국 기능을 제대로 하지 못하는 거예요. 루게릭병이랑 증상이 같은데 그 병은 아닌 거 같고 흔한 질환이 아닌 희귀 질환이죠."라는 말과 함께 부대에 이야기해서 바로 입원하라고 했다.

그 말을 듣고 순간 너무 어이가 없어서 혹시 어떻게 하면 나을 수 있냐고 묻자 안타깝지만 아직 이 병을 고치거나 치료할 수 있는 방법은 없다면서 자세한 건 검사를 진행하고 다시 이야기하자고 했다.
진료를 마치고 집으로 돌아오는데 도무지 이해가 되질 않았다. 장교로 임관해서 2년 동안 아무 탈 없이 잘 지내고 있었고, 끝까지 잘 지내다가 무사히 전역할 거라 생각했는데, 갑자기 마른하늘에 날벼락을 맞은 것처럼 희귀병 진단을 받고, 나을 수 있는 방법도 없다는 소리를 들으니 너무 당황스럽고 충격적이었다.

집으로 돌아와 복잡한 주말을 보내고 월요일에 곧바로 병원에 입원했다. 원래는 혹한기 기간이라 훈련에 참여해야 했으나, 부대에 양해를 구하고 입원해서 정밀 검사를 받았다.

MRI부터 근전도검사, 손가락 기능 검사 등 다양한 검사들을 했고 생전 듣지도 못한 병명을 듣고 입원해 몸도 예민해져서 혈압도 160이 넘어가 또 다른 과에서 협진을 진행했다. 목을 구부정하게 하기도, 몸에 바늘을 찔러가며 검사를 하기도 하면서 받는 내내 너무 힘들었다.

검사를 마치고 병실로 돌아왔지만 머릿속이 너무 복잡해 잠이 오질 않았다. '지금 도대체 무슨 일이 일어난 걸까?', '혹시 죽는 건 아닐까?' 이런저런 생각이 들면서 마음이 불안했다. 희망을 품고 부정적인 생각을 떨쳐내려고도 했지만 생각은 꼬리에 꼬리를 물고 나를 더 불안하게 만들었다.

그러다 한참을 고민하던 중 문득 이런 생각이 들었다. '생각해보면 어차피 난 이 병을 발견하기 전에도 잘 지내고 있지 않았나? 이 병이 하루아침에 생긴 것도 아니고 대부분 유전이거나 성장기 때 과도하게 목을 사용하면서 나타나는 질환이라는데, 어쩌면 나는 오래전부터 이 병을 앓고 있었을 것이고 솔직히 병을 앓고 있어도 똑같이 잘 지내고 있지 않았나? 그런데 지금 와서 불안해하고 걱정한다고 뭐가 달라질까?'

새벽이 넘도록 깊은 생각과 싸움하다 잠이 들었고 다음 날 검사 결과를 듣게 되었다. 처음 군의관이 말했던 것처럼 양성 국소성 근육 위축증(히라야마병) 판정을 받았다. 불행 중 다행인 건, 이 병은 신체의 팔 말고는 다리나 심장 등 다른 곳으로 전이가 되지 않는다는 것이다. 루게릭병은 발병되면 호흡 기관을 서서히 누르면서 사망까지 이를 수 있는데 나는 다행히 팔에만 증상이 나타나서 생명에는 지장이 없다고 했고 3~6년 정도 증상이 계속되다 어느 순간 멈출 거라고 했다.

군의관의 소견을 듣자 그제야 안도감이 밀려왔다. 혹시 죽을병은 아닌가 긴장하고 있었는데 생명에 지장이 없다고 하니 참 다행이라는 생각에 무거웠던 마음의 짐을 내려놓을 수 있었다. 군의관은 이 병은 전역 사유가 되는데 전역할 거냐고 묻자, 나는 전역이 3개월밖에 남지 않았으니 끝까지 군 복무를 하겠다고 대답했다.

그렇게 퇴원하고 부대로 돌아와 지휘관에게 보고를 드리고, 다른 병원에서 검사를 더 받아보고 싶기도 하고 부모님께 전화로 말씀드리는 것보다 직접 뵙고 말씀드리는 게 나을 것 같아 휴가를 받고 집으로 갔다. 집에 가서 부모님께 말씀드리자 부모님은 걱정 어린 마음에 전역하는 게 낫지 않겠냐고 권유하셨지만 나는 지금껏 잘해왔으니 너무 걱정하지 말라고 안심을 시켜드리며 만기 전역을 하겠다고 했다.

그날 밤 가만히 앉아 잠시 생각했다. 솔직히 군 생활을 충분히

한 것 같아서 그냥 이대로 전역하고 싶은 생각도 들었지만, 왠지 나 자신과의 싸움에서 지고 싶지 않았다. 병원에서 생각했던 것처럼 이 병을 발견하기 전에도 나는 군 생활을 잘하고 있었고, 병이 발견됐을 때도 순간적으로 몸이 안 좋긴 했으나 지금은 또 괜찮았다.

내 몸이 아프고 아프지 않은 게 중요한 것이 아니라, 그보다 더 중요한 건 이 병을 대하는 나의 자세였다. 예전에 팔꿈치 터널 증후군에 걸려 수술했을 당시, 나는 심히 불안하고 우울했다. 펴지지 않는 손가락을 보면서 나를 이렇게 만든 세상을 원망했고, 원하는 꿈마저 포기하고 평생 이렇게 병신처럼 살아야 한다는 부정적인 생각이 온통 머릿속을 가득 채우며 나를 괴롭게 했다.

어쩌면 지금도 그때처럼 힘들어할 수도 있는 상황이지만 그러고 싶지 않았다. 부정적으로 생각한다고 해서 희귀병이 낫는 것도 아니고, 몸이 갑작스럽게 좋아지는 것도 아니었기 때문이다. 오히려 부정적인 생각과 세상에 대한 원망은 몸과 마음을 더 괴롭히며 없던 병도 생길 수 있게 만드는 걸 너무나 잘 알기에 예전처럼 부정적인 생각에 지고 싶지 않았다.

그러고 나니까 갑자기 긍정적인 생각이 올라왔다. 군의관이 말한 것처럼 이 병이 팔이 아닌 다리로 왔으면 걸을 수 없었을 것이고, 호흡기관으로 왔다면 생명에 지장이 있었을 텐데 다행히 그렇지 않은 것 또한 정말 큰 행운이라는 생각에 참 감사했다.

병뿐만 아니라 인생을 살면서 이와 같은 마음을 가져야 하지 않을까 싶다. 살면서 힘들고 어려운 일을 만나 곤경에 처했을 때, 큰 상처와 아픔을 겪고 마음이 우울할 때, 그 삶을 비관적으로 바라보거나 부정적으로 생각하는 것이 아니라, 타협하지 않고 삶을 긍정적으로 바라봐야 하지 않을까 싶다. 현실은 비참하고 삶이 녹록치 않아도, 분명 괜찮아질 거라는 희망을 품고 올곧은 마음으로 삶을 대하다 보면 반드시 그렇게 될 수 있다고 믿는다.

인생에 크고 작은 일을 겪으며 삶이 참 불행하고 비참하다고 느꼈을 때가 있었고, 세상에 태어나지 말아야 할 존재였다며 모든 걸 부정적인 시선으로 바라봤을 때도 있다. 하지만 달라지는 건 아무것도 없었다. 오히려 그 생각은 화살이 되어 날아와 나를 아프게 했고 성장할 수 없는 큰 걸림돌이 되었다.

그러나 부정적인 생각으로 가득 차 있는 내 마음을 변화시켜 준 고마운 존재들을 만나고 삶이 완전히 달라졌다. 그리고 이 모든 걸 극복할 수 있었다. 그 고마운 분들이 없었다면 아마 나는 지금 이 세상에 존재하지 않았을지도 모른다.

이 일을 통해 어떤 일을 겪더라도 결국 삶을 대하는 마음의 자세와 태도가 가장 중요하다는 걸 다시 한번 깨닫고 배우게 되었다. 그리고 부정적인 생각은 인생에 전혀 도움이 되지 않고 더 긍정적으로 살아가야겠다는 확신이 들었다.

결국 삶은 내가 어떻게 생각하고 받아들이냐에 따라 큰 변화를 불러오고 달라질 것이다. 나는 그렇게 믿는다.

사랑스러운 존재

나에겐 16살 차이가 나는 여동생이 있다. 이 세상에 하나뿐인 나의 막냇동생. 아들밖에 없는 가정에 딸로 온 수경이는 마치 작은 선물처럼 우리 가족에게 찾아와 존재만으로도 모든 걸 환하게 만들어 주었다.

수경이가 아직 말도 못 하던 때에는, 웃기만 해도 그렇게 사랑스러웠다. 좁쌀만 한 작은 발로 이곳저곳을 걸어 다녔고, 나이에 비해 벌레를 두려워하지 않고 잘 만지다가도 갑자기 너무 놀라 도망가기도 하였다. 그런 동생을 보고 있으면 얼마나 사랑스럽던지 말로 다 표현할 수 없다.

시간이 흘러 동생이 이제 제법 말도 잘하고 컸을 때, 타지 생활을 해서 집에 자주 오지 못하는 나를 낯설어하며 일부러 모른 척 장난을 치기도 하고, 심드렁하게 대꾸하기도 한다. 어렸을 적

가까웠던 사이에서 조금은 멀어졌다는 느낌이 들어 서운할 만했지만, 하나도 기분이 나쁘지 않았다. 오히려 그런 모습마저 귀엽고 사랑스러웠다.

아무리 툴툴거리고 모질게 굴어도, 내게는 그저 세상에서 가장 사랑스러운 여동생일 뿐이었다. 어떻게 하면 더 잘해 줄 수 있을까, 어떻게 하면 동생이 더 기쁠까. 그런 고민만 할 뿐, 아무리 동생이 내게 모질게 굴어도 미운 마음이 전혀 들지는 않았다.

동생도 그 마음을 알아차렸는지, 어느 순간부터 더 이상 내게 모질게 굴지 않았다. 오히려 혼자 있을 때 뜬금없이 연락해 선물을 사 달라며 나를 웃게 만들었고, 고민이 있을 때 내게 이야기할 정도로 가까운 사이가 되었다.

동생을 바라볼 때의 이 감정은 세상 어떤 단어로도 완벽하게 설명되지 않는다. 가끔 자고 있는 동생을 보면 마치 작은 요정 같고, 아무 말 없이 앉아 그림을 그리거나 영상을 보는 모습은 꼭 작은 인형 같다. 손에 잡힐 듯 가까이 있지만, 동시에 보호해 주고 싶은 너무나 소중한 존재다.

이 수많은 사람들 중에 나를 오빠로 찾아와 준 사랑스러운 수경이가 참 고맙다.

사람 사는 이야기

살다 보면 온갖 일들이 일어난다. 사랑하는 사람과 말 한마디에 서운해지고, 친구와 의견이 맞지 않아 티격태격하기도 하고, 때론 가족끼리 오해가 쌓여 서운함을 품게 된다. 어떤 날은 도무지 풀리지 않는 현실 앞에서 한숨만 나오고, 노력해도 결과가 따라 주지 않아 허탈해질 때도 있다.

하지만 그런 날들이 모여, 결국 사람 사는 이야기가 되는 게 아닐까 싶다. 우리는 다르면서도 비슷한 삶을 살아간다. 기쁠 때는 소리 내어 웃고, 슬플 때는 눈물을 삼키며, 화날 때는 등을 돌리지만 결국엔 다시 손을 내밀고 만다. 때론 마음이 닿지 않아 부딪히기도 하고 그러면서도 서로를 알아가고, 이해하고, 배워간다.

어느 날 지금껏 나를 스쳐 지나가는 사람들과 참 많은 일들을 겪으면서도 결국엔 또 살아가는 게 인생이라는 생각에 신기했다. 어떻게 그렇게 아프고 실망하면서도 다시 웃을 수 있을까. 괜히 누군가와 티격태격하다가도 어느 순간 함께 밥을 먹고 있는 이 상황이 낯설지 않았다. 울고 웃고를 반복하며, 작은 행복을 찾아내며 사는 것. 어쩌면 이것이 인생이 아닐까.

그러니 살아가면서 너무 깊이 상처받지 말자. 때로는 욱하고 화가 나더라도 한 박자 쉬어 가고, 실수한 사람을 향해 마음을 조금 열어 보자. 사랑 주는 걸 아까워하지 말고, 사랑받기를 두려워하지 말자. 누군가와 함께 살아간다는 것, 그 자체로 이미 우리는 충분히 아름다운 삶을 살고 있을 것이다.

사람 사는 이야기는 언제나 복잡하고, 때론 피곤하고, 가끔은 지친다. 하지만 그 속에서 사랑하고 용서하고, 다시 살아가는 게 인생이다.

그러니 조금 더 즐겁고 조금 더 따뜻하게 살아가 보자.
그게 바로 사람 사는 맛이고 이야기지 않을까 싶다.

내가 듣기 싫은 말은 남에게도 하지 말자

일 특성상 SNS를 자주 들여다보는데, 댓글을 보면서 눈살이 찌푸려질 때가 많다. 익명의 뒤에 숨어 누군가를 향해 가차 없이 비난을 퍼붓는 사람들. 그들은 마치 남을 깎아내리는 것이 일상인 듯, 아무렇지도 않게 모욕적인 말을 내뱉는다.

물론 이제는 나도 어느 정도 면역이 생겨서 악플을 보더라도 '관심의 표현'이라 생각하며 넘긴다. 어쩌면 그 덕분에 알고리즘에 더 노출되니 오히려 감사해야 할지도 모른다. 하지만 세상에는 그렇지 않은 사람들도 많다. 작은 말 하나에도 깊이 상처받고, 자꾸만 마음이 움츠러드는 사람들도 있다. 그들에게 무심코 던진 한마디가 얼마나 깊은 흉터로 남을지, 악플을 남기는 사람들은 과연 생각이나 해봤을까.

그들이 그렇게 남을 공격하는 이유는 단순하다. 자신의 기준에 맞지 않기 때문이다. 자신의 생각과 다르다는 이유만으로, 불편하다는 이유만으로, 상대를 함부로 비난하고 모욕하는 것이 과연 정당할까. 생각이 다르면 그냥 지나치면 되는데, 굳이 상대의 마음을 헤집고 아프게 할 필요가 있을까.

더 안타까운 건 이런 현상이 비단 SNS에서만 벌어지는 일이 아니라는 것이다. 현실에서도 우리는 종종 자신이 듣기 싫은 말을 아무렇지 않게 타인에게 던진다. 친구 사이에서도, 직장에서도, 일상 곳곳에서. "나는 솔직한 성격이야."라는 말로 상처 주는 말을 아무렇지 않게 하고, "그냥 장난이야."라며 무례를 농담처럼 포장한다. 하지만 내가 듣기 싫은 말은 남에게도 하지 말아야 한다. 그것이 진정한 배려고, 건강한 관계의 기본이다.

작은 말 한마디로도 관계는 틀어질 수 있다. 별거 아닌 듯한 말이 오해를 만들고, 쌓여서 감정을 멀어지게 만든다. "착하게 말하면 못 알아듣는다."라고 말하는 사람도 있지만, 착하게 말하는 것과 함부로 말하지 않는 것은 전혀 다른 문제다. 배려는 약함이 아니고, 말의 무게를 아는 것이 성숙함이다.

결국, 누군가를 아프게 한 말은 언젠가 나 자신에게도 상처로 돌아올 것이다. 그러니 상대의 마음을 헤아리는 말, 듣고도 따뜻해지는 말을 할 수 있는 사람이 되자. 세상은 이미 충분히 차가우니, 우리라도 조금 더 따뜻하면 좋겠다.

나를 외롭게 만드는 사람은 만나지 말 것. 나를 지치고 힘들게 하는 관계는 멀리할 것. 누군가를 만나면 만날수록 자신이 점점 더 초라하고 작아진다면 이제는 그만 정리할 것. 함께했던 시간이 소중하고 아쉬워서 그 관계를 유지한다면 머지않아 나를 더 무너지게 만들 것이다. 생각해 보면 누군가를 만나는 것도 내가 행복하기 위함인데 불편하고 불안한 감정을 끊임없이 느끼고 있다면 이미 어긋나고 틀어진 관계임이 틀림없다. 그러니 더 힘들고 슬퍼지기 전에 이제는 그만 놓자. 아프고 쓰리더라도 결국엔 시간이 해결해 줄 테니. 그러니 이제 정말로 나를 위해서 그만, 그만하자.

〈이제는 정말로 끊어내야 하는 관계〉

오늘 불현듯 떠난다 해도
후회 없이 살아가자

외국에서 현금이 필요해 은행에 들러 순번을 기다리고 있을 때였다. 조금 이따 만나기로 한 지인으로부터 전화가 걸려 오더니 다급한 목소리로 내게 말했다.

"태환 님 지금 어디 계세요?"

"어…. 저 은행에서 돈 찾으려고 대기 중이에요. 왜 그러세요?"

"다름이 아니라, 지금 태환 님 근처에서 칼부림 나서 주변 가게들 문 다 닫고 대피하고 있어요. 지금 한 명이 얼굴에 찔려서 피 흘리고 있다는데 몸조심하세요. 가급적 상황 정리가 될 때까지 최대한 안전한 곳으로 피하세요."

그 전화는 다름 아닌 나와 비슷한 위치에 있던 지인의 전화였
고, 전화를 받고 고맙다며 인사를 건넨 뒤 은행 밖에 혹시 누가
오지는 않는지 계속 살펴보고 있었다.

5분 정도 흘렀을까, 지인에게 다시 전화가 와 경찰과 구급 대원
이 와서 상황이 종료된 것 같다며, 이제는 안심해도 될 것 같다
고 했다. 나는 다시 한번 고맙다며 인사를 건넸고 다행히 상황
은 그렇게 마무리되었다.

전화를 끊고 떨렸던 마음을 진정시키며 돈을 찾고 나오는데 문
득 죽음이 멀리 있지 않구나란 생각이 들었다.

하필 이 머나먼 외국에서 같은 날, 같은 장소, 같은 시간에 칼부
림이 날 줄 누가 알았을까. 그리고 만약 칼에 찔린 당사자가 다
른 사람이 아닌 나였다면, 그렇게 내가 오늘 갑작스럽게 세상을
떠나게 되었다면 어땠을까.

막상 오늘 떠난다 생각하니 미련 없이 떠나기보단 아쉬움과 후

회가 잔뜩 남을 것만 같았다. 왜냐하면 살아생전에 소중한 사람들과 자주 시간을 보내지 못했기 때문이다.

나중에, 다음에, 언젠가라는 말만 하면서 늘 소중한 사람들을 뒷전으로 미뤄 두었고, 그게 세상을 떠날 때 가장 큰 마음의 짐이 되어 후회로 남을 것 같았다.

매번 머리로는 소중한 사람들을 놓치지 않고 살아가겠다고 다짐하지만, 마음과 행동은 그렇지 못한 자신이 미울 때가 많다. 오늘도 성공해야지 행복할 거라는 착각에 빠져 있는 걸 보면 여전히 많은 것을 놓치고 있는 자신을 한번 되돌아보게 된다.

어쩌면 우리에겐 많은 시간이 없을지도 모른다. 생각보다 죽음은 멀리 있지 않고 어느 날 갑자기 사라져 버릴 수 있는 게 인생이다. 그러니 살아 있을 때 소중한 사람들과 자주 시간을 보내고, 웃고 표현하며 살자.

그렇게 오늘 불현듯 떠난다 해도 후회 없이 살아가자.

어차피 마음대로 되지 않는 게 인생이다

생각한 것들이 딱 맞아떨어지는 순간을 좋아한다. 이를테면 대략적인 인원을 모른 채 모임에 갈 때 빈손으로 가기엔 미안해서 간식을 준비했는데, 개수가 딱 맞아 모두가 먹을 수 있을 때. 혹은 편의점에서 잔돈을 털어 버리고 싶어 몇 개를 집어 계산했는데 주머니 속 남은 돈이 정확히 맞아떨어질 때. 이런 순간들은 왠지 모를 희열과 순간의 기분을 짜릿하게 만든다. 그리고 마치 세상이 나를 위해 설계된 것 같은 착각마저 들게 한다.

그런 순간들을 겪다 보면 한 번쯤 이런 생각을 하게 된다. '인생도 이렇게 딱딱 맞아떨어지면 얼마나 좋을까.' 내가 원하는 대로, 내가 계획한 대로 인생이 흘러간다면 얼마나 행복할까. 모든 것이 계산한 대로 펼쳐지고, 예상한 대로 이루어진다면 걱정 없이 편안하게 살 수 있을 것만 같다.

하지만 참 이상하게도, 인생은 그렇게 흘러가지 않는다. 아무리 열심히 준비한 계획도 한 번에 정확히 맞아떨어진 적이 없다. 나름의 고민 끝에 내린 결단이었지만, 결과적으로 돌아오는 건 후회와 아쉬움뿐이었다.

그런 일이 반복될 때마다 자주 힘들었다. 일이 순조롭게 흘러가길 바라는 마음이 컸기에, 계획이 틀어지면 모든 원인이 나에게 있다고 생각했다. 스스로를 책망하고 자존감을 갉아먹으며 마음속 깊이 곤두박질치곤 했다. 그러나 그런다고 달라지는 건 없었다. 오히려 상처받은 마음에 더 큰 돌을 던져 상황을 악화시킬 뿐이었다.

그래서 어느 순간부터는 그냥 받아들이기로 했다. 예전에는 어떻게든 뜻대로 되지 않는 인생을 바꿔 보려 했지만, 이제는 뜻대로 되지 않는 것이 인생임을 인정하기로 했다. 그랬더니 오히려 마음이 한결 가벼워지고, 나를 괴롭히던 부담감도 덜어낼 수 있었다.

그리고 삶이 뜻대로 흘러가지 않을 때마다 그 흐름에 적응하는

법을 배우게 되었다. 예상치 못한 일이 찾아오거나 계획이 틀어
져도 이제는 탓하지 않고, 변화된 상황에 맞춰 다시 계획을 세
우고 하나씩 풀어 나간다. 그렇게 하니 예전에는 계속 꼬이기만
했던 일들이 하나둘씩 풀리는 경험을 하게 되었다.

인생은 뜻대로 되지 않는다. 하지만 그것을 인정하지 않으려 할
수록 더 어렵고 힘들어진다. 처음부터 모든 것을 받아들이는
게 쉬운 일은 아니다. 그러나 '그럴 수도 있다.'는 마음으로 가볍
게 인생을 바라보고 겸허히 받아들이다 보면, 놀랍게도 꼬였던
문제를 해결할 수 있는 여유와 지혜가 생긴다. 그렇게 하나씩 해
결해 나갈 때, 인생의 또 다른 재미를 발견할 수 있다.

그러니 뜻대로 되지 않는 상황에 직면했을 때 너무 힘들어하거
나 괴로워하지 말자. 어차피 인생은 처음부터 마음대로 되지 않
는 것이니까. 자신을 탓하지 않고, 마음의 여유를 가지고 천천
히 풀어 가다 보면 결국 잘 풀릴 것이다.

인생은 그 자체로 충분히 의미 있고, 당신은 그 모든 과정을 통해
더욱 단단해질 것이니 너무 걱정하거나 염려하지 않길 바란다.

마음의 어른

대부분의 사람들은 누군가가 자신을 간섭하거나 참견하는 걸 싫어한다. 나 역시도 내 일에 대해 지나치게 개입하는 걸 좋아하지 않는다. 요즘같이 개인의 자유와 독립을 중요하게 여기는 시대엔 더더욱 그렇다.

그런데 가끔은 과연 모든 사람이 자기 삶을 혼자서만 잘 살아갈 수 있을까, 때로는 조언해 주고, 길을 안내해 줄 누군가가 필요하지 않을까란 생각이 든다.

이런 생각을 하게 된 건, 둘째 동생을 보면서였다. 성인이 된 지 꽤 시간이 흘렀지만, 동생은 여전히 누군가의 조언을 듣기보다는 혼자서 모든 걸 해결하려 한다. 부모님이 걱정하실까 봐 연락 좀 해보라고 전화를 걸어도 받지 않을 때가 많고, 연휴에도 집에 오지 않고 일을 하겠다며 바쁘게만 산다.

물론 자신의 방식대로 사는 건 나쁜 게 아니다. 하지만 문제는 그렇게 혼자 모든 걸 감당하면서도 정작 삶이 나아지는 것 같지 않다는 것이었다. 마치 길을 몰라 방황하면서도 지도를 보지 않고 걸어가는 사람처럼, 동생은 그저 앞만 보고 달리는 것 같았다.

그 모습을 보면서 동생에게 지금 가장 필요한 건, 조금만 주변의 이야기에 귀를 기울이는 자세가 아닐까?
누군가를 맹목적으로 따르라는 뜻이 아니다. 자신을 진심으로 걱정해 주는 사람들의 조언을 한 번쯤 들어 보라는 것. 그렇게 한다면 지금보다 조금 더 편안하고 덜 외로운 길을 걸을 수 있을 텐데라는 생각에 아쉬움이 밀려왔다.

살면서 나는 운이 좋게도 많은 사람들의 도움을 받았다. 학창 시절 방황할 때 손을 내밀어 준 선생님들, 고민이 있을 때 조언을 아끼지 않으셨던 어른들, 그리고 힘들 때 조용히 옆에서 함께 있어 준 사람들까지.

나는 그들을 "마음의 어른"이라고 부른다.

마음의 어른은 단순히 나이가 많은 사람이 아니다. 넘어졌을 때 손을 내밀어 주고, 흔들릴 때 방향을 잡아 주며, 가야 할 길을 함께 고민해 주는 사람. 그게 가족이든, 친구든, 직장 동료든 상관없다.

살다 보면 누구나 길을 잃을 때가 있다. 하지만 그때마다 자신을 이끌어 주는 마음의 어른이 있다면, 인생은 훨씬 잘되고 덜 외로울 것이다.

'도망친 곳에 낙원은 없다.' 라는 말

삼재가 겹쳐서 그런지는 몰라도 하는 것마다 잘 안 풀리고 인생이 뜻대로 되지 않을 무렵, 무작정 짐을 싸고 호주로 떠났다. 나를 옭아매고 있는 것들이 너무 답답하고 숨이 꽉 막혀 아무것도 할 수 없는 상태였고 익숙한 환경에서 벗어나 그냥 어디론가 훌쩍 떠나고 싶었다.

그런 나를 보며 가족과 지인들은 적지 않은 나이에 무작정 떠나는 건 리스크가 크고 무모한 것이 아니냐 걱정했지만, 한번 결정하면 뜻을 굽히지 않는 성격이기에 티켓을 끊고 무작정 비행기에 올라탔다.

그렇게 호주로 건너왔지만 처음엔 굉장히 힘들었다. 집을 구하고 일을 구하는 것, 차를 사고 여러 가지 자격증을 따야 하는 것 등 참 많은 것을 해내야만 했고, 더군다나 언어도 달라서 소통하는 데 큰 문제가 많았다. 그리고 그 문제를 감당해야 하는 건 오로지 부족한 내 몫이었다.

하루하루가 참 험난했다. 친구를 통해 싼값에 차를 샀지만 에어컨이 고장 나 수리비로 약 200만 원을 지불하고도 결국 고치지 못해서 팔았고, 호주에 온 지 2주 만에 직장을 구했지만 막노동과 다름없는 일이라 너무 힘들고 온몸에 멍이 들어 3일 만에 그만두었다. 그뿐만 아니라, 계속해서 크고 작은 여러 일들은 나를 어렵고 힘들게 만들었다.

그럼에도 인생에서 평생 잊지 못할 추억도 많이 쌓았다. 언어는 다르지만 나와 비슷한 사람들을 만나 웃고 즐기며 좋은 시간을 보냈고, 한 번도 가보지 못했던 곳들을 가보면서 매우 뜻깊고 좋은 시간을 보냈다. 또 워낙 새로운 경험을 좋아하는 성격이라 이 모든 것들은 나에게는 영감이 되어 많은 감동을 주었다.

하루하루 바쁘게 지내다 보니 어느덧 6개월이라는 시간이 흘렀지만 여전히 마음에 '답답함'은 해소되지 않았다. 시간이 지나면 괜찮아질 줄 알았는데 여전히 마음 한구석엔 무기력과 우울감이 자리 잡고 나를 괴롭혔다. 어쩌면 이 부정적인 마음의 원인을 찾기 위해 호주로 왔지만 도무지 알아낼 방법이 없어 그냥 시간이 알아서 해결해 주겠지 하며 체념한 채로 있었다.

사실 이 마음이 오래전부터 있었던 건 아니다. 잘 살겠다는 큰 꿈을 품고 군대를 전역해 회사에 들어갔을 때까지만 해도 뭐든 다 해낼 수 있을 것 같았다. 하지만 같이 일하던 팀장님이 갑작스러운 심장마비로 세상을 떠나고 인생에 대한 큰 회의감이 찾아왔고 그때부터 무기력과 우울감에 시달렸다.

이 마음으로 회사에 도움이 되지 않을 것 같아 퇴사를 하고 속세를 벗어나 가진 돈을 전부 드려 신학을 배워 보았지만 그것도 쉽지 않았고 버티다 못해 끝내 포기했다. 그 뒤로 인생이 '실패'했다는 생각이 마음 깊이 자리 잡았고, 뜻대로 잘 풀리지 않는 인생을 보며 무척 답답했다. 그리고 그게 호주에서도 계속되었다.

나를 답답하고 힘들게 하는 원인을 알 수 없어서 마음에서 포기할 무렵 새로운 직장에 들어가게 되었다. 그곳은 나를 제외하곤 한국인이 한 명도 없었다. 그래서 참 편안했다. 한국을 떠나 혼자만의 시간을 갖고 싶어 호주에 왔지만 어디를 가도 한국인을 만나 혼자 있기 쉽지 않았는데, 이곳에선 온전히 나 혼자 있을 수 있다는 게 마음에 굉장히 큰 평안을 주었다.

더군다나 꽃 농장이라서 매일 살아 숨 쉬는 생명을 만지는 것과 아름답고 알록달록한 꽃을 볼 수 있다는 게 굉장히 흥미로웠고, 오늘 할 일이 주어지면 누가 크게 지켜보거나 간섭하는 사람도 없어 참 여유롭고 편안했다.

그렇게 한 달이 지났을까, 어느 때와 같이 출근해서 열심히 꽃을 심고 다듬고 있는데 신기한 일이 일어났다. 마치 어려운 상황에 처했을 때 누가 마법을 부려 그 문제가 단숨에 해결되듯 나를 짓누르고 있던 답답함이 한순간에 눈 녹듯 사라져 버린 것이다.

아침에 출근할 때만 해도 마음의 답답함은 나를 끊임없이 압박하고 짓누르고 있었고, 이 문제를 어떻게 해야 할지 몰라서 체

넘하고 있었는데, 마치 소화제를 먹고 소화 불량이 해소되듯 지금까지 나를 감싸고 있던 무기력과 우울감이 말끔히 사라졌다. 그리고 맑고 깨끗한 정신이 강하게 올라오면서 예전에 느꼈던 긍정적인 마음과 자신감이 올라왔고, 다시 컨디션을 되찾고 건강한 상태는 지금도 지속되고 있다.

'도망친 곳에 낙원은 없다.'는 말이 있다. 나도 지금까지 이 말에 어느 정도 동의했지만 이번 일을 겪으면서 생각이 조금 달라졌다. 가끔 너무 힘들고 지칠 때면 도망쳐도 괜찮다는 것. 우울하고 답답하다면 그 상황을 피하거나 벗어나도 괜찮다는 것. 그게 부끄럽거나 쪽팔린 게 아니라는 것.

나도 그렇게 온 게 호주였기 때문이다. 하는 일마다 자꾸 안 되고 상황이 안 좋아져서, 그게 나를 너무 힘들고 지치게 해서, 그 상황을 벗어나기 위해 이곳에 도망쳐 왔다. 하지만 온전히 혼자 있는 시간을 가지면서 자연스럽게 생각 정리도 되고 마음도 회복되었고 지금은 다시 건강한 마음을 되찾게 되었다.
그러니 혹시 지금 어디로부터 도망치고 싶으면 그래도 된다. 그리고 온전히 혼자만의 시간을 가져 보길 바란다. 그게 설령 상황이 힘들거나 벗어나고 싶은 거라고 해도 부끄러워하거나 눈치 보지 말고 온전히 마음이 이끄는 대로 해도 괜찮다.

결국 변화는 새로운 시도를 함으로써 생기는 거니까. 현재 상황을 내려놓거나 벗어나는 것도 하나의 도전일 테니까. 그렇게 어딘가로 훌쩍 떠나 혼자만의 시간을 가지면서 마음을 추스르고 다시 용기 내어 살아가면 되는 거니까. 그저 마음이 이끌리는 대로 해도 괜찮다고 말해주고 싶다.

결국 견디면 온다

평생 불행할 것만 같았던 시간도 어느덧 다 지나갔다. 미치도록 아팠고, 가슴 시리게 서러웠고, 가끔은 펑펑 울던 날도 많았던 지난날이었는데 이제는 언제 그랬냐는 듯 하루하루 참 기쁘고 행복하다. 불행은 내게 주어진 운명이라며 체념하던 게 엊그제 같은데 지금은 행복에 겨워 잠이 드는 순간도 허다하다. 이러한 과정을 겪으며 깨달은 건, 결국 견디면 찾아온다는 것. 힘든 시련 앞에 절대 무너지지 않겠다는 신념 하나로 버틸 힘과 믿음만 있다면, 반드시 좋은 순간은 온다. 그러니 지금 힘든 순간을 지나고 있다면 절대 무너지지 말 것. 당신의 수고와 노력이 양분이 되어 훗날 당신을 밝게 비추어 줄 테니. 절대 포기하지도, 쓰러지지도 말 것. 결국 찾아온 행복 앞에 기뻐할 당신을 상상하며 오늘도 굳건히 이겨 내며 살아갈 것.

아, 정말 잘 되려나 보다

출판사를 차리겠다고 오래전부터 생각은 해두고 있었지만, 상황이 여의치 않다는 핑계만 대다가 시간이 참 많이 흘렀어. 그러다 갑자기 상황이 맞아떨어지기도 했고 주변에 도움을 주시는 고마운 분도 계셔서 미루면 안 될 것 같다는 느낌에 부랴부랴 출판사를 등록하러 갔어.

버스에서 내리는데 할머니 두 분이 무거운 짐을 들고 내리시는 거야. 바빠서 그냥 가려다가 조금 힘겨워 보이셔서 어디 가시냐 물었더니 나랑 가는 길이 비슷하더라고. 그래서 같은 길이니 들어 드리겠다고 했어. 할머니는 너무 고맙다며 가는 내내 인사와 칭찬을 해주시더라.

어느 정도 걸어가다 이제는 택시를 타고 가신다길래 택시에 실어 드리고 가보겠다고 인사를 건넸는데, 할머니께서 갑자기 손에 5천 원짜리 한 장을 쥐어 주시는 거야. 안 받겠다고 사정사정을 했는데 너무 고마워서 그런다고 자기 마음이니까 꼭 받으라고 하시더라. 안 가져가면 본인이 너무 미안할 것 같다고. 그래서 어쩔 수 없이 감사한 마음으로 받았어.

그리고 출판사를 등록하러 가는데 갑자기 하늘에서 눈이 조금씩 내리더라고. 그때부터였던 것 같아. 왠지 모르게 떨리는 느낌이. 그리고 출판사를 등록하고 시청 1층으로 내려오는데 마치 오늘의 나를 축하하듯 경쾌한 음악이 흘러나오는 거야. 뭔가 진심으로 축하받는 기분이었어.

그리고 정문을 나오는데, 조금 전까지만 해도 조금 내리던 눈이 갑자기 펑펑 오더라. 정말 그렇게 새하얀 함박눈은 오랜만에 본 것 같아. 그리고 확신했어.

"아, 정말 잘 되려나 보다."

왜 있잖아, 모든 게 맞아떨어지고 나를 축복하는 것 같은 그런 날.

그게 나에겐 오늘이었어. 미루고 미루다 시작한 새로운 도전이었는데, 마치 온 세상이 나를 응원해 주는 것 같아서 진심으로 기쁘더라.

그래서 열심히 해보려고. 실패하더라도 후회 없게 최선을 다해 보려고.

그러니 응원해 줘. 잘해 볼게.

이 모든 말은 오직 당신을 위한 말입니다

아프지 말고 건강하세요. 세상에 수많은 것들이 있지만, 그 어떤 것도 건강을 대신할 순 없어요. 몸이 지치면 마음도 쉽게 무너져요. 당신이 꿈꾸는 것, 사랑하는 사람들과 함께하는 시간, 그리고 당신이 누려야 할 행복. 그 모든 것의 시작이 건강이라는 걸 잊지 마세요. 그러니 스스로를 더 아끼고 사랑해 주세요.

행복만 하세요. 물론, 삶이 늘 웃을 일만 가득한 건 아니지만, 불행한 순간이 있다고 해서 당신의 모든 날이 불행한 것은 아니에요. 바쁜 하루 속에서도 문득 들려오는 좋아하는 노래 한 곡, 퇴근 후 포근한 침대에 눕는 순간, 맛있는 음식을 먹으며 한숨 돌리는 시간. 생각보다 우리 일상엔 소소한 행복이 숨어 있어요. 그 작은 순간들을 놓치지 않고 소중히 여긴다면, 삶은 조금 더 따뜻하고 포근해질 거예요.

포기하지 마세요. 포기는 배추 셀 때만 하는 거라고 하잖아요. 당신은 생각보다 훨씬 더 강하고 단단한 사람이에요. 지금 당장은 힘들고 버거워도, 끝까지 해내는 사람이잖아요. 그러니 너무 조급해하지 말고, 천천히 가도 괜찮아요. 잠시 멈춰 서도 괜찮아요. 중요한 건 당신이 스스로를 포기하지 않는 거예요. 그러면 언젠가 당신이 꿈꾸던 곳에 닿아 있을 거예요.

걱정하지 마세요. 아직 닥쳐오지 않은 일에 불안해하며 오늘을 망치지 마세요. 걱정한다고 바뀌는 건 없을뿐더러, 오히려 당신을 더 지치게 만들 뿐이에요. 그러니 너무 먼 미래까지 걱정하기보다는, 지금 이 순간에 집중하세요. 오늘을 잘 살아내다 보면, 분명 더 괜찮은 내일이 찾아올 거예요. 나는 당신이 결국엔 잘 해낼 거라고 믿어요.

응원할게요. 당신이 어디에 있든, 무엇을 하든, 어떤 길 위에 있든. 흔들리는 순간에도, 넘어지는 날에도. 나는 언제나 당신을 믿고 응원할 거예요. 혹시 당신이 지쳐서 스스로를 의심하는 순간이 온다면, 기억하세요. 당신을 믿고 응원하는 사람이 있다는 걸.

나는 언제나 당신 편이에요.

정말 수고했어요. 오늘 하루도 애쓰며 살아낸 당신, 너무 고생 많았어요. 세상은 때때로 가혹하고, 삶은 예상보다 더 무겁지만, 그래도 이렇게 살아가고 있는 당신이 참 대단해요. 그러니 부디 오늘만큼은 그 무거운 짐을 잠시 내려놓고, 스스로를 따뜻하게 안아주세요. 충분히 잘하고 있어요. 당신은 생각보다 훨씬 멋진 사람입니다.

마지막으로 이 모든 말은 오직 당신을 위한 말이라는 걸 잊지 마세요. 그러니 생각날 때마다 이 글을 보러 오세요. 이 글을 읽고, 당신이 따뜻해지기를. 내일도, 그다음 날도. 당신의 하루가 언제나 평온하고, 행복하길 바랍니다.

에필로그

　하나뿐인 형이 세상을 떠난 그날을 기억한다. 형의 영정 사진 앞에서 하염없이 울던 날. 지금껏 못 해준 것밖에 없는데, 이렇게 야속하게 떠나면 어떡하냐며 원망했고, 다시 돌아오기만 하면 동생 노릇 제대로 하겠다고 다짐했지만, 형은 그렇게 우리 곁을 떠났다.

　며칠 전까지만 해도 치고받고 싸우다가도, 또 웃으며 화해했었는데. 그렇게 함께했던 소중한 사람이 갑자기 세상을 떠나 작은 한 줌 재가 되어 한 움큼 손에 들어오기까지, 고작 일주일도 채 걸리지 않았다는 게 도무지 믿기지 않았다.

　그때 처음으로 인생이 참 허무하다고 생각했다. 세상 사람들 모두가 열심히 살아가지만, 결국 형처럼 예고 없이 사라질 수도 있고, 오래오래 곁에 있을 것 같아도 시간이 흐르면 결국 세상의 섭리대로 다 떠나갈 거라는 생각에 마음 한구석이 아려왔다.

그리고 한 가지 의문이 들었다.

'그러면 도대체 어떻게 살아야 할까.'

'어떻게 살아야 잘 살고 행복할까.'

긴 고민 끝에 나 자신과 약속했다.

"행복을 놓치고 살지 말자."

소중한 사람을 떠나보내고 한 굳은 다짐이었지만, 사람은 망각의 동물이라고 했을까. 10년이 훌쩍 지났지만, 종종 그 약속을 잊고 지키지 못할 때가 많았다. 삶에 치이고, 크고 작은 무수한 고민에 휩싸이다 보면, 문득 행복은 너무 멀리 있는 것처럼 느껴질 때가 있다.

그러다 문득, 오늘처럼 형이 유난히 그리운 날이면 다시금 그때의 다짐이 떠오른다.

우리는 자주 착각한다. 행복은 머나먼 미래에 있을 거라고. 하지만 그렇지 않다. 행복은 늘 우리 곁을 맴돌고 있다. 다만, 눈앞에 놓인 현실에 깊이 빠져 버리거나, 행복의 기준을 너무 높게

잡으면 행복할 조건이 무수히 많은데도 행복을 잊은 채 살아가게 된다.

하지만 한 발짝 여유를 갖고, 기준을 조금만 낮추면 주위에 수많은 행복을 발견하며 살아갈 수 있다.

행복은 거창한 게 아니다.
지금 내 곁에 있는 가족, 친구, 연인.
그들과 함께하는 순간만으로도 우리는 충분히 행복할 수 있다.

형이 내 곁을 떠나간 것처럼, 결국 언젠가 우리는 소중한 사람을 떠나보내야 할 시기를 맞이할 것이다. 그리고 그렇게 떠나간 사람은, 다시 돌아오지 않는다.
그러니 부디, 지금 당신과 함께하는 사람들과 오래오래 행복했으면 좋겠다.
행복이 행복인 줄 모르고 흘려보내거나, 착각하지 않기를.
진심을 담아, 빈다.

매일 행복할 일만 가득할 당신에게

1판 1쇄 발행 2025년 3월 10일
1판 2쇄 발행 2025년 4월 14일

지은이 김태환
디자인 주서윤
마케팅 새벽녘
펴낸곳 새벽녘
이메일 booksaebyeok@gmail.com

ⓒ 김태환
ISBN: 979-11-991366-3-2(03810)